D0776205

ANNA, SOROR...

MARGUERITE
YOURCENAR
de l'Académie française

Anna, soror...

GALLIMARD

Il a été tiré de l'édition originale de cet ouvrage quarante exemplaires sur vergé blanc de Hollande van Gelder numérotés de 1 à 40 et soixante exemplaires sur vélin d'Arches Arjomari-Prioux numérotés de 41 à 100.

Elle était née à Naples en l'an 1575, derrière les épaisses murailles du Fort Saint-Elme dont son père était gouverneur. Don Alvare, établi depuis de longues années dans la péninsule, s'était acquis la faveur du vice-roi, mais aussi l'hostilité du peuple et celle des membres de la noblesse campanienne qui supportaient mal les abus des fonctionnaires espagnols. Personne du moins ne contestait son intégrité, ni l'excellence de son sang. Grâce à son parent, le cardinal Maurizio Caraffa, il avait épousé la petite-fille d'Agnès de Montefeltro, Valentine, dernière fleur où une race douée entre toutes avait épuisé sa sève. Valentine était belle, claire de visage, mince de taille : sa perfection décourageait les faiseurs de sonnets des Deux-Siciles. Inquiet du danger qu'une telle merveille faisait courir à son honneur, et naturellement enclin à se défier des femmes, Don Alvare imposait à la sienne une existence quasi claustrale, et les années de Valentine se partageaient entre les domaines mélancoliques que son mari possédait en Calabre, le couvent d'Ischia où elle passait le Carême, et les petites chambres voûtées de la forteresse où pourrissaient dans des basses-fosses les suspects d'hérésie et les adversaires du régime.

La jeune femme accepta son sort de bonne grâce. Son enfance avait été nourrie à Urbin, dans la plus raffinée des sociétés polies, au milieu des manuscrits antiques, des conversations doctes et des violes d'amour. Les derniers vers de Pietro Bembo agonisant furent composés pour célébrer sa prochaine venue au monde. Sa mère, à peine relevée de couches, la porta elle-même, à Rome, au cloître Sainte-Anne. Une femme pâle, à la bouche marquée d'un pli triste, prit l'enfant dans ses bras et lui donna sa bénédiction. C'était Vittoria Colonna, veuve de Ferrante d'Avalos qui vainquit à Pavie, la mystique amie de Michel-Ange. D'avoir grandi au côté de cette Muse austère, Valentine acquit jeune une singulière gravité, et le calme de ceux qui n'aspirent pas même au bonheur.

Absorbé par l'ambition et les crises d'hypocondrie religieuse, son mari, qui la négligeait, l'avait délaissée dès la naissance d'un fils, leur second enfant. Il ne lui donna point de rivales, n'ayant jamais eu d'aventures galantes à la cour de Naples que ce qu'il fallait pour établir sa réputation de gentil-homme. Sous le masque, aux heures d'abattement où l'on se livre à soi-même, Don Alvare passait pour préférer les prostituées moresques dont on marchande les faveurs, dans le quartier du port, avec des tenancières de bouges accroupies sous une lampe fumeuse ou près d'un brasero. Donna Valentine n'en prit point ombrage. Épouse irréprochable, elle n'eut jamais d'amants, écoutait avec indifférence les galants pétrarquistes, ne participait point aux cabales que formaient entre elles les diverses maîtresses du vice-roi, et n'élisait parmi ses suivantes ni confidentes ni favorites. Par bienséance, elle portait aux fêtes de la cour les magnifiques vêtements qui convenaient à son âge et à son rang, mais ne s'arrêtait pas à se contempler devant les miroirs, rectifiant un pli ou rajustant un collier. Chaque soir, Don Alvare trouvait sur sa table les comptes de la maison vérifiés de la main nette de Valentine. C'était l'époque où le Saint-Office, récemment introduit en Italie, épiait les

moindres tressaillements des conscien-
ces ; Valentine évitait soigneusement
tout entretien tournant sur des matières
de foi, et son assiduité aux offices était
convenable. Personne ne savait qu'elle
faisait passer en secret du linge et des
boissons réconfortantes aux prisonniers
dans les cachots de la forteresse. Plus
tard, sa fille Anna ne put se souvenir
de l'avoir entendue prier, mais elle
l'avait vue bien souvent, dans sa cellule
du couvent d'Ischia, un *Phédon* ou un
Banquet sur les genoux, ses belles mains
posées sur l'appui de la fenêtre ouverte,
méditer longuement devant la baie
merveilleuse.

Ses enfants vénéraient en elle une
Madone. Don Alvare, qui comptait
envoyer bientôt son fils en Espagne,
n'exigeait que rarement la présence du
jeune homme dans les antichambres du
vice-roi. Miguel passait de longues
heures assis à côté d'Anna dans la
petite pièce dorée comme l'intérieur

d'un coffre, où courait, brodée sur les murailles, la devise de Valentine : *Ut crystallum.* Dès leur enfance, elle leur avait appris à lire dans Cicéron et dans Sénèque : tandis qu'ils écoutaient cette voix tendre leur expliquer un argument ou une maxime, leurs cheveux s'entremêlaient sur les pages. Miguel à cet âge ressemblait beaucoup à sa sœur ; n'étaient les mains, délicates chez elle, durcies chez lui par le maniement de la bride et de l'épée, on les eût pris l'un pour l'autre. Les deux enfants, qui s'aimaient, se taisaient beaucoup, n'ayant pas besoin de mots pour jouir d'être ensemble ; Donna Valentine parlait peu, avertie par le juste instinct de ceux qui se sentent aimés sans se sentir compris. Elle avait, dans une cassette, une collection d'intailles grecques dont plusieurs étaient ornées de figures nues. Elle montait parfois les deux marches qui menaient aux profondes embrasures des fenêtres pour exposer aux derniers rayons du soleil la transparence des sardoines, et, tout enveloppée de l'or oblique du crépuscule, Valentine elle-même semblait diaphane comme ses gemmes.

Anna baissait les yeux, avec cette pudeur qui s'aggrave encore, chez les filles pieuses, aux abords de la nubilité. Donna Valentine disait avec son flottant sourire :

— Tout ce qui est beau s'éclaire de Dieu.

Elle leur parlait en langue toscane ; ils répondaient en espagnol.

Au mois d'août 1595, Don Alvare annonça que son fils, avant les fêtes de Noël, devait gagner Madrid où son parent, le duc de Medina, lui faisait l'honneur de l'accepter pour page. Anna pleura en secret, mais se retint par fierté devant son frère et sa mère. Contrairement à quoi Don Alvare s'était attendu, Valentine n'éleva aucune objection au départ de Miguel.

Le marquis de la Cerna tenait de sa famille italienne de vastes domaines coupés de marécages, et dont les revenus rentraient mal. Sur le conseil de ses intendants, il tenta d'acclimater dans sa terre d'Acropoli les meilleurs ceps d'Alicante. Le succès en fut médiocre ; Don Alvare ne se décourageait pas ; tous les ans, il présidait lui-même aux vendanges. Valentine et les enfants l'accompagnaient. Cette année-là, Don Alvare, empêché, pria sa femme de surveiller seule le domaine.

Le voyage durait trois jours. Le carrosse de Donna Valentine, suivi des voitures où s'entassaient les domestiques, roulait sur les pavés inégaux vers la vallée du Sarno. Donna Anna s'était assise en face de sa mère ; Don Miguel, malgré son amour du cheval, avait pris place à côté de sa sœur.

L'habitation, construite du temps des Angevins de Sicile, avait l'aspect d'un château fort. Vers le commencement du siècle, on y avait adossé une bâtisse crépie à la chaux, sorte de ferme avec son portique empiétant sur la cour intérieure, son toit plat où séchaient les fruits du verger, et sa rangée de pressoirs de pierre. L'intendant y logeait avec sa femme toujours grosse et une marmaille d'enfants. Le temps, le manque de réparations, les intempéries avaient rendu inhabitable la grande salle envahie par la surabondance de la ferme. Des tas de raisins déjà confits dans leur propre suc engluaient le carrelage à la moresque, fréquenté des mouches ; des bottes d'oignons pendaient aux voûtes ; la farine coulant des sacs s'insinuait partout avec la poussière ; on était saisi à la gorge par l'odeur du fromage de buffle.

Donna Valentine et ses enfants s'installèrent au premier étage. Les chambres du frère et de la sœur se faisaient face ; par les croisées étroites comme des meurtrières, il lui arrivait d'entrevoir l'ombre d'Anna allant et venant à la lueur d'une petite lampe. Elle se décoiffait, épingle par épingle, puis tendait le pied à une servante pour qu'on lui enlevât sa chaussure. Don Miguel par décence tirait les rideaux.

Les journées, toutes pareilles, se traînaient, chacune longue comme tout un été. Le ciel, presque toujours chargé d'un brouillard de chaleur collé pour ainsi dire à la plaine, ondulait de la montagne basse à la mer. Valentine et sa fille travaillaient, dans la pharmacie délabrée, à confectionner des remèdes qu'elles distribuaient aux malariques. Des contretemps retardaient la fin des vendanges ; certains ouvriers, atteints par la fièvre, ne quittaient pas leurs grabats ; d'autres, alanguis par le mal, chancelaient dans la vigne comme des hommes ivres. Bien que Donna Valentine et ses enfants n'en parlassent jamais, le prochain départ de Miguel les assombrissait tous les trois.

Le soir, dans l'obscurcissement brusque du crépuscule, ils mangeaient ensemble dans une petite salle d'en bas. Valentine, fatiguée, se couchait de bonne heure ; Anna et Miguel restés seuls se regardaient en silence, et l'on entendait bientôt la voix claire de Valentine appelant sa fille. Alors, ils montaient tous deux l'escalier ; Don Miguel, étendu sur son lit, comptait le nombre de semaines qui le séparaient de son départ, et, bien qu'il en souffrît, sentait avec soulagement que l'approche de ce voyage l'éloignait déjà des siens.

Des troubles avaient éclaté en Calabre ; Donna Valentine enjoignait à son fils de ne pas trop s'écarter du village et du château. Le mécontentement couvait dans le menu peuple contre les officiers et les intendants espagnols, mais certains moines surtout s'agitaient dans leurs pauvres monastères perchés à flanc de montagne. Les plus lettrés, ceux qui avaient étudié quelques années à Nola ou à Naples, pensaient au temps où ce pays était terre grecque, plein de marbres, de dieux, de belles femmes nues. Les plus hardis niaient ou maudissaient Dieu, et complotaient, disait-on, avec les pirates turcs qui jetaient l'ancre au fond des criques. On parlait d'étranges sacrilèges, de christs foulés aux pieds et d'hosties portées entre les parties viriles pour augmenter la vigueur ; une bande de moines avait enlevé et séquestré dans le couvent une partie de la jeunesse d'un village, et l'endoctrinait de l'idée que Jésus avait charnellement aimé Madeleine et saint Jean. Valentine arrêtait d'un mot les racontars faits chez l'intendant ou à la cuisine. Miguel y repensait souvent malgré soi, puis les chassait de son esprit, comme on s'épouille d'une vermine, troublé pourtant à la pensée de ces hommes que leur désir emportait assez loin pour qu'ils osassent tout. Anna avait horreur du Mal, mais parfois, dans le petit oratoire, devant l'image de Madeleine défaillant aux pieds du Christ, elle songeait qu'il devait être doux de serrer dans ses bras ce qu'on aime, et que la sainte brûlait sans doute d'être relevée par Jésus.

Certains jours, passant outre aux interdictions de Donna Valentine, Miguel se levait à l'aube, sellait lui-même son cheval, et se lançait à l'aventure très loin dans les terres basses. Le sol s'étendait noir et nu ; des buffles immobiles, couchés par masses sombres, semblaient dans l'éloignement des blocs de rochers dévalés des montagnes ; des monticules volcaniques bossuaient la lande ; le grand vent passait toujours. Don

Miguel, voyant la boue grasse rejaillir sous les sabots de son cheval, freinait brusquement au bord d'un marécage.

Une fois, juste avant le coucher du soleil, il atteignit une colonnade dressée devant la mer. Des fûts striés gisaient comme de gros troncs d'arbres ; d'autres, tout debout, doublés horizontalement par leur ombre, se dressaient sur le ciel rouge ; la mer embrumée et pâle se devinait par derrière. Miguel attacha son cheval au fût d'une colonne et se mit à marcher dans ces ruines dont il ne savait pas le nom. Encore étourdi par le long galop dans les landes, il éprouvait ce sentiment de légèreté et de mollesse qu'on a parfois dans les rêves. La tête pourtant lui faisait mal. Il savait vaguement qu'il était dans une de ces villes où avaient vécu les sages et les poètes dont leur parlait Donna Valentine ; ces gens-là avaient vécu sans l'angoisse de l'Enfer béant sous les pas, qui saisissait de moments en moments Don Alvare, aussi prisonnier à sa manière que les détenus du Fort Saint-Elme ; ils avaient pourtant eu leurs lois. Même en ce temps-là, des unions qui sûrement avaient dû paraître légitimes aux rejetons d'Adam et d'Ève, au début des jours, avaient été ensuite sévèrement punies ; il y avait eu un certain Caunus qui avait fui de pays en pays les avances de la douce Byblis... Pourquoi pensait-il à ce Caunus, lui que personne n'avait encore sollicité d'amour ? Il se perdait dans ce dédale de pierres écroulées. Sur les marches de ce qui était sans doute un temple, il aperçut une fille assise. Il se dirigea vers elle.

Ce n'était peut-être qu'une enfant, mais le vent et le soleil avaient labouré sa figure. Don Miguel remarqua ses yeux jaunes, qui l'inquiétèrent. Sa peau et son visage étaient gris comme la poussière, et sa jupe découvrait jusqu'aux genoux ses jambes et ses pieds nus posés sur les dalles.

— Ma sœur, dit-il, troublé malgré lui par cette rencontre dans la solitude, comment s'appelle cet endroit ?

— Je n'ai pas de frère, dit la fille. Il y a beaucoup de noms qu'il est meilleur de ne pas savoir. Ce lieu est mauvais.

— Tu y sembles à l'aise.

— Je suis chez mon peuple.

Elle avança les lèvres avec un sifflement bref, et d'un orteil, comme pour faire signe, pointa vers un interstice entre les pierres. Une étroite tête triangulaire jaillit de la fissure. Don Miguel écrasa la vipère sous sa botte.

— Dieu me pardonne, dit-il. Serais-tu sorcière ?

— Mon père était siffleur de reptiles, dit la fille. Pour vous servir. Et il gagnait gros. Car les vipères, Monseigneur, ça rampe partout, sans compter celles qu'on a au cœur.

Alors seulement, Miguel crut s'apercevoir que le silence était plein de frémissements, de froissements, de coulées ; toutes sortes de bêtes à poison rampaient dans l'herbe. Des fourmis couraient ; des araignées tissaient leur toile entre deux fûts. Et d'innombrables yeux jaunes comme ceux de la fille étoilaient la terre.

Don Miguel voulut faire un pas en arrière, et n'osa.

— Allez, Monseigneur, dit la fille. Et rappelez-vous qu'il y a des serpents ailleurs qu'ici.

Don Miguel rentra tard au château d'Acropoli. Il voulut savoir du fermier le nom de la ville en ruine ; l'homme en ignorait l'existence. En revanche, Miguel apprit que, vers le soir, Donna Anna, occupée à trier des fruits, avait aperçu une vipère dans la paille. Elle avait crié : la servante, accourue, avait tué la bête d'un coup de pierre.

Cette nuit-là, Miguel eut un cauchemar. Il était couché les yeux ouverts. Un énorme scorpion sortait du mur, puis un autre, un autre encore ; ils grimpaient le long du matelas, et les dessins enchevêtrés qui bordaient sa couverture se transformaient en nœuds de vipères. Les pieds bruns de la fille y reposaient paisiblement comme sur un lit d'herbes sèches. Ces pieds avançaient en dansant ; Miguel les sentait marcher sur son cœur ; à chaque pas, il les voyait devenir plus blancs ; ils touchaient maintenant l'oreiller. Miguel, se penchant pour les embrasser, reconnaissait les pieds d'Anna, nus dans leurs mules de satin noir.

Un peu avant matines, il ouvrit la fenêtre et s'accouda pour respirer. Un petit vent frais, qui soufflait du golfe, glaçait la sueur. Les croisées d'Anna étaient ouvertes ; Don Miguel s'entêtait à regarder, de l'autre côté, un troupeau de chèvres qu'on menait paître le

24

long des murs ; il les comptait avec une obstination maniaque ; il s'embrouilla ; il finit par tourner la tête. Donna Anna était à son prie-Dieu. En se haussant, il crut voir entre le linge de nuit et le satin de la mule la pâleur dorée d'un pied nu. Anna le salua d'un sourire.

Il passa dans la galerie pour se laver. Le froid de l'eau, en le réveillant tout à fait, le calma.

D'autres rêves vinrent. Il n'arrivait plus, le matin, à bien les distinguer de la réalité. Il se fatiguait dans l'espoir de mieux dormir.

Souvent, dans la solitude, il s'orientait vers les ruines. Arrivé en vue des colonnades, il tournait bride ; quelquefois, pourtant, entraîné malgré lui, ou honteux de lui-même, il y entrait. De petits lézards se poursuivaient dans l'herbe. Jamais Don Miguel n'aperçut de vipère, et la fille n'était pas là.

Il s'informa d'elle. Les paysans la connaissaient tous. Son père, natif de

Lucera, était de race sarrasine ; la fille avait hérité du charme ; elle allait de village en village, bien reçue dans les fermes qu'elle débarrassait de leur vermine. La crainte d'un maléfice, et peut-être, inconnu de lui-même, l'instinct d'une race mâtinée de sang more, l'empêchèrent de nuire à cette fille sarrasine.

Il se confessait tous les samedis à un ermite du voisinage, homme pieux et de bonne renommée. Mais on ne se confesse pas de ses rêves. Comme sa conscience était mal à l'aise, il s'étonnait de n'avoir à se reprocher aucune faute. Il mettait son énervement au compte de son prochain départ pour l'Espagne. Pourtant il ne s'y préparait plus guère.

Au retour d'une longue course, un jour qu'il faisait fort chaud, il descendit de cheval et s'agenouilla pour boire à même une source. Un mince filet giclait d'un trou d'eau à quelques pas de la route ; quelques hautes herbes poussaient de leur mieux autour de cette fraîcheur. Don Miguel s'allongea pour boire à même la terre, comme un animal. Un froissement se fit dans les buissons ; il sursauta en voyant paraître la fille sarrasine.

— Ha, fausse serpente !

— Méfiez-vous, Monseigneur, dit la détentrice du charme. L'eau rampe, se tord, frétille et miroite, et son venin vous glace le cœur.

— J'ai soif, fit Don Miguel.

Il était encore assez près du rond formé par la source pour apercevoir, dans l'eau faiblement remuée, le reflet de l'étroit visage aux yeux jaunes. La voix de la fille s'était faite sifflante :

— Monseigneur, crut-il entendre, votre sœur vous attend près d'ici avec une coupe pleine d'eau pure. Vous boirez ensemble.

Don Miguel chancelant remonta à cheval. La fille avait disparu, et ce qu'il avait pris pour une présence et des paroles n'était que des fantasmes.

Sans doute avait-il la fièvre. Mais peut-être la fièvre permet-elle de voir et d'entendre ce qu'autrement on ne voit et n'entend pas.

Le souper fut morne. Don Miguel, les yeux baissés sur la nappe, croyait sentir le regard de Valentine posé sur lui. Comme toujours, elle ne se nourrissait que de fruits, de légumes et d'herbes, mais elle paraissait ce soir-là à peine capable de porter ces aliments à ses lèvres. Anna ne parlait ni ne mangeait.

Don Miguel, que l'idée d'aller s'enfermer dans sa chambre effrayait, proposa d'aller respirer sur l'esplanade.

Le vent était tombé avec la chute de la lumière. La chaleur avait crevassé la terre du jardin ; les étroites flaques luisantes des marécages s'éteignaient une à une ; on n'apercevait les feux d'aucun village ; sur le noir dense des montagnes et de la plaine se bombait la noirceur limpide du ciel. Le ciel, le ciel

de diamant et de cristal, tournait lentement autour du pôle. Tous trois, la tête
renversée, regardaient. Don Miguel se
demandait quelle planète néfaste se
levait pour lui dans son signe, qui était
le Capricorne. Anna, sans doute,
pensait à Dieu. Valentine songeait
peut-être aux sphères chantantes de
Pythagore.

Elle dit :

— Ce soir, la terre se souvient...

Sa voix était claire comme une
cloche d'argent. Don Miguel hésita s'il
ne vaudrait pas mieux faire part de ses
angoisses à sa mère. En cherchant ses
mots, il se rendit compte qu'il n'avait
rien à avouer.

D'ailleurs, Anna était présente.

— Rentrons, dit doucement Donna
Valentine.

Ils rentrèrent. Anna et Miguel
allaient devant ; Anna se rapprocha de
son frère ; il s'écarta ; il semblait craindre de lui communiquer son mal.

Donna Valentine dut s'arrêter plusieurs fois, s'appuyant du bras sur sa fille. Elle frissonnait sous son manteau.

Elle monta lentement l'escalier. Arrivée au palier du premier étage, elle se souvint d'avoir laissé dehors, sur le banc, son mouchoir en point de Venise. Don Miguel descendit le chercher ; quand il revint, Donna Valentine et sa fille étaient déjà dans leurs chambres ; il fit passer le mouchoir par une camériste, et se retira sans avoir baisé comme d'habitude la main de sa mère et celle de sa sœur.

Don Miguel s'accouda à sa table, sans même prendre la peine d'enlever son pourpoint, et passa la nuit à essayer de penser. Ses idées tournaient autour d'un point fixe comme les phalènes autour d'une lampe ; il ne parvenait pas à les fixer ; le plus important lui échappait. Tard dans la nuit, il somnola, juste assez éveillé pour se rendre compte qu'il dormait. Cette fille l'avait peut-être ensorcelé. Elle ne lui plaisait pas. Anna, par exemple, était infiniment plus blanche.

A l'aube, on frappa. Il s'aperçut alors qu'il faisait jour.

C'était Anna, elle aussi tout habillée ; il pensa qu'elle se levait de bien bonne heure. Ce visage effarouché parut à Don Miguel si semblable au sien qu'il crut voir son propre reflet au fond d'un miroir.

Sa sœur lui dit :

— Notre mère a pris les fièvres. Elle est bien bas.

Se laissant précéder par elle, il entra chez Donna Valentine.

Les volets de la chambre étaient clos. Au fond du grand lit, Miguel distingua à peine sa mère ; elle remuait faiblement, plus engourdie qu'endormie. Son corps, chaud au toucher, tremblait comme si le vent des marais n'avait pas cessé de souffler sur elle. La femme qui avait veillé Donna Valentine les entraîna dans une embrasure.

— Madame est depuis longtemps malade, leur dit-elle. Hier, elle a été prise d'une telle faiblesse que nous avons cru qu'elle passait. Elle va mieux, mais elle est trop calme, c'est mauvais signe.

Comme c'était dimanche, Miguel et sa sœur allèrent entendre la messe dans la chapelle du château. Le curé d'Acropoli, homme grossier, souvent un peu pris de vin, officiait pour eux. Don Miguel, qui s'en voulait d'avoir proposé la promenade de la veille, sur l'esplanade, dans la fraîcheur mortelle du soir, cherchait déjà sur le visage d'Anna la pâleur plombée de la fièvre. Quelques serviteurs assistaient aussi à la messe. Anna priait avec ferveur.

Ils communièrent. Les lèvres d'Anna se tendirent pour recevoir l'hostie ; Miguel songea que ce mouvement leur donnait la forme du baiser, puis repoussa cette idée comme sacrilège.

En revenant, Anna lui dit :

— Il faudrait aller chercher un médecin.

Quelques minutes plus tard, il galopait vers Salerne.

Le grand air et la vitesse effacèrent les traces de sa nuit d'insomnie. Il galopait contre le vent. C'était comme l'enivrement d'une lutte contre un adversaire qui reculerait en résistant toujours. La bourrasque rejetait derrière lui ses craintes comme les plis d'un long manteau. Les délires et les frissons de la veille avaient cessé, emportés par un sursaut de jeunesse et de force. L'accès de fièvre de Donna Valentine pouvait n'être aussi qu'une crise passagère. Il retrouverait ce soir le beau visage serein de sa mère.

En arrivant à Salerne, il mit son cheval au pas. Ses angoisses revinrent. Peut-être en était-il de la fièvre comme d'un maléfice dont on peut se défaire en le passant à d'autres, et l'avait-il à son insu communiquée à sa mère.

Il eut du mal à trouver l'habitation du médecin. Enfin, près du port, dans une impasse, on lui montra une maison de pauvre apparence ; un volet à demi décroché claquait. A son coup de heurtoir, une femme dépoitraillée parut en gesticulant ; elle demanda au cavalier ce qui l'amenait ; il dut s'expliquer en détail, criant pour se faire entendre ; d'autres femmes s'apitoyèrent bruyamment sur la malade inconnue. Don Miguel finit par comprendre que Messer Francesco Cicinno était à la grand-messe.

On offrit au jeune gentilhomme un tabouret dans la rue. La grand-messe avait pris fin ; Messer Francesco Cicinno s'avançait à petits pas dans sa robe doctorale, choisissant avec soin les meilleurs pavés. C'était un petit vieillard si propret qu'il gardait l'air neuf et insignifiant des objets n'ayant pas servi. Quand Don Miguel se fut nommé, il se confondit en politesses. Après beaucoup d'hésitations, il consentit à monter en croupe. Pourtant, il demanda qu'on le laissât d'abord manger quelque chose ; la servante lui apporta sur le seuil un morceau de pain frotté d'huile ; il mit très longtemps à s'essuyer les doigts.

Midi les trouva en plein marécage. Il faisait chaud pour cette fin de septembre. Le soleil tombant presque d'aplomb étourdissait Don Miguel ; Messer Francesco Cicinno était incommodé lui aussi.

Plus loin, près d'une maigre pinède qui bordait la route, le cheval de Don Miguel fit un écart en voyant une vipère. Don Miguel crut entendre un éclat de rire, mais tout était désert autour d'eux.

— Vous avez un cheval ombrageux, Monseigneur, dit le médecin à qui le silence pesait. Et il ajouta, criant un peu pour se faire entendre du cavalier :

— Le bouillon de vipère n'est pas un remède à dédaigner.

Les femmes attendaient anxieusement le médecin. Mais Messer Francesco Cicinno était si modeste qu'on ne s'apercevait pas de sa présence. Il donna beaucoup d'explications sur le sec et l'humide et proposa de saigner Donna Valentine.

Il coula très peu de sang de la piqûre. Donna Valentine eut une seconde faiblesse, pire que la première, et dont on ne la ranima qu'à grand-peine. Comme Anna demandait à Messer Francesco Cicinno de tenter autre chose, le petit médecin fit un geste de découragement :

— C'est la fin, chuchota-t-il.

Avec l'acuité d'ouïe des mourants, Donna Valentine tourna vers Anna son beau visage qui souriait encore. Ses femmes crurent l'entendre murmurer :

— Rien ne finit.

La vie en elle baissait à vue d'œil. Dans le grand lit à baldaquin son corps mince s'allongeait, moulé par le drap, comme celui d'une gisante sur sa literie de pierre. Le petit médecin, assis dans un coin, semblait craindre de déranger la Mort. Il fallut faire taire les servantes qui proposaient des cures merveilleuses ; l'une d'elles parlait d'humecter le front de la malade du sang d'un lièvre dépecé vivant. Miguel supplia plusieurs fois sa sœur de quitter la chambre.

Anna espérait beaucoup de l'extrême-onction ; Donna Valentine la reçut sans émotion d'aucune sorte. Elle demanda qu'on reconduisît chez lui le curé qui se répandait en bruyantes homélies. Quand il fut sorti, Anna s'agenouilla au pied du lit en pleurant.

— Vous nous quittez, Madame ma mère.

— J'ai vu trente-neuf fois l'hiver, murmura imperceptiblement Valentine, trente-neuf fois l'été. Cela suffit.

— Mais nous sommes si jeunes, dit Anna. Vous ne verrez pas s'illustrer Miguel, et moi, vous ne me verrez pas...

Elle allait dire que sa mère ne la verrait pas mariée, mais l'idée lui fit soudain horreur. Elle s'interrompit.

— Vous êtes déjà tous deux si loin de moi, dit à voix basse Valentine.

On crut qu'elle délirait. Pourtant, elle les reconnaissait encore, car elle donna à Don Miguel, agenouillé lui aussi, sa main à baiser. Elle dit :

— Quoi qu'il advienne, n'en arrivez jamais à vous haïr.

— Nous nous aimons, dit Anna.

Donna Valentine ferma les yeux. Puis, très doucement :

— Je sais cela.

Elle semblait avoir dépassé la peine, la crainte ou l'incertitude. Elle dit encore, sans qu'on sût s'il s'agissait de l'avenir de ses enfants ou si elle parlait d'elle-même :

— Ne vous inquiétez pas. Tout est bien.

Puis, elle se tut. Sa mort sans agonie fut aussi presque sans paroles ; la vie de Valentine n'avait été qu'un long glissement vers le silence ; elle s'abandonnait sans lutter. Quand ses enfants comprirent qu'elle était morte, aucun étonnement ne vint se mêler à leur tristesse. Donna Valentine était de celles qu'on s'étonne de voir exister.

Ils décidèrent de la ramener à Naples. Don Miguel eut à s'occuper du cercueil.

La veillée eut lieu dans la grande salle délabrée, débarrassée des produits de la ferme, meublée seulement de quelques coffres aux ais disloqués. Le temps et les insectes avaient fait leur œuvre dans le cordouan des tentures. Donna Valentine était couchée entre quatre flambeaux dans sa longue robe de velours blanc ; son sourire presque dédaigneux et presque tendre plissait encore le coin de ses lèvres ; et son visage aux larges paupières profondément entaillées rappelait celui des statues que l'on exhume parfois en fouillant la terre de la Grande-Grèce, entre Crotone et Métaponte.

Don Miguel pensait aux présages qui l'assaillaient depuis des semaines. Il se souvint que la mère de Donna Valentine, descendue elle-même, par sa lignée maternelle, des Lusignan de Chypre, avait tenu l'apparition soudaine d'un serpent pour un augure de mort. Il en fut vaguement rassuré. Ce malheur qui justifiait ses pressentiments lui rendait du calme.

Le vent s'engouffrant par les grandes fenêtres ouvertes faisait trembler la flamme des lampes. Vers l'est, les montagnes de la Basilicate assombrissaient encore la nuit ; des incendies de broussailles faisaient deviner le cours des torrents desséchés. Les femmes vociféraient des complaintes funèbres dans le parler de Naples ou dans les patois de la Calabre.

Le sentiment d'une infinie solitude enveloppa les deux enfants de Valentine. Anna fit jurer à son frère de ne l'abandonner jamais. Rentré dans sa chambre pour s'apprêter au départ, il se reprit à penser qu'heureusement, vers l'époque de Noël, il s'embarquerait pour l'Espagne.

Le retour, infiniment plus lent que l'aller, dura près d'une semaine. Anna et Miguel s'étaient assis côte à côte en face du cercueil de leur mère, placé au fond du lourd carrosse qui les avait amenés de Naples. Les domestiques suivaient dans des voitures tendues de noir. On allait au pas ; des pénitents escortaient à pied le carrosse, et récitaient des litanies, des cierges dans les mains.

Ils se relayaient à chaque étape. La nuit, à défaut d'un couvent, Anna et ses femmes s'accommodaient au mieux de quelque gîte misérable. Quand le village ne possédait pas d'église, le cercueil de Valentine restait sur la place ; une veillée funèbre s'improvisait autour ; Don Miguel, qui se couchait le moins possible, passait la plus grande partie de la nuit à prier.

La chaleur restée excessive s'accompagnait d'une perpétuelle poussière. Anna paraissait grisâtre. Ses bandeaux noirs se couvraient d'une épaisse couche blanche ; on ne voyait plus les sourcils ni les cils ; leur visage à tous deux prenait des tons d'argile sèche.

Leur gorge brûlait ; Miguel, de crainte des fièvres, s'opposait à ce qu'Anna bût l'eau des citernes. Dehors, la cire pliait entre les mains des pénitents. Le harcèlement par les mouches succédait de jour à l'énervement nocturne causé par la vermine et les moustiques. Pour se reposer les yeux du miroitement de la route et du tremblement des cierges, Anna faisait fermer les rideaux du coche ; Don Miguel protestait violemment en affirmant qu'on suffoquait.

Ils étaient sans cesse assaillis par des mendiants geignant des prières. Des enfants piailleurs s'accrochaient aux essieux, risquant à chaque tour de roue de tomber et d'être estropiés ou écrasés. Don Miguel lançait de temps en temps une piécette sur la route, dans le vain espoir de se débarrasser de cette marmaille. A l'heure de midi, la campagne était presque toujours vide ;

on avançait comme dans un mirage. Puis, le soir, des paysans déguenillés apportaient, à défaut de fleurs, des brassées d'herbes aromatiques. On les tassait comme on pouvait sur le cercueil.

Donna Anna ne pleurait pas, sachant combien les larmes importunaient son frère.

Il se tenait enfoncé dans son coin, le plus loin possible d'elle, pour lui laisser plus de place. Anna gardait contre sa bouche un petit mouchoir de dentelle. Le mouvement lent du coche et la litanie des porteurs de cierges les plongeaient dans une sorte de somnolence hallucinée. Aux pires endroits de la route, des cahots les jetaient l'un contre l'autre. Ils tremblaient parfois de voir tomber et se fendre la bière livrée à la hâte par le charron d'Acropoli. Bientôt, malgré les doubles planches, une fade odeur se mêla aux parfums des herbes sèches. Les mouches se multiplièrent. Chaque matin, ils s'inondaient d'eaux de senteur.

Le quatrième jour, à midi, Donna Anna s'évanouit.

Don Miguel fit appeler une des femmes de sa sœur. Cette fille tardait à venir ; Anna était comme morte ; il la délaça ; il cherchait anxieusement la place du cœur ; les pulsations reprirent sous ses doigts.

La chambrière d'Anna finit par apporter du vinaigre aromatisé. Elle s'agenouilla devant sa maîtresse pour lui baigner le visage. Comme elle se retournait pour prendre un flacon, elle se releva brusquement en apercevant Don Miguel.

— Monseigneur se trouve mal ?

Il se tenait debout, appuyé contre la portière du coche, les mains encore tremblantes, et plus livide que sa sœur. Il ne pouvait parler. Il fit non d'un signe.

Comme il y avait place pour trois

personnes sur le devant du carrosse, Miguel, disant qu'Anna pouvait s'évanouir à nouveau, donna ordre à cette fille de s'établir près d'elle.

La route dura deux jours encore. La chaleur et la poussière persistaient ; de temps à autre, la chambrière essuyait la figure d'Anna à l'aide d'un linge humide. Don Miguel passait continuellement ses mains l'une contre l'autre comme pour en effacer quelque chose.

Ils entrèrent dans Naples au crépuscule. Le peuple s'agenouillait sur le passage du cercueil de Valentine : elle était très aimée. Des murmures hostiles au gouverneur du Fort Saint-Elme se mêlaient aux exclamations apitoyées : les ennemis du régime accusaient Don Alvare d'avoir envoyé sa femme mourir des fièvres dans ce domaine malsain.

Les funérailles furent solennisées le surlendemain dans l'église espagnole de Saint-Dominique. Le frère et la sœur y assistèrent côte à côte. Au retour, Don Miguel fit demander une entrevue à son père.

Le marquis de la Cerna le reçut dans son cabinet, devant sa table couverte de rapports de mouchards et de listes de prisonniers politiques ou de suspects surveillés par ordre du vice-roi. Don Alvare avait pour principale fonction de réprimer les émeutes, et parfois, s'il était nécessaire, d'en susciter une, pour mieux envelopper d'un coup de filet les agitateurs. Ses vêtements noirs n'étaient pas que pour Valentine : depuis la mort du fils qu'il avait eu, des années plus tôt, d'une première épouse, cet homme fidèle à sa manière portait le deuil.

Il ne s'enquit d'aucun détail sur la mort de Donna Valentine. Miguel, alléguant que Naples lui devenait trop triste sans sa mère, demanda s'il n'était pas possible de hâter son départ pour l'Espagne.

Don Alvare, qui continuait à lire le courrier nouvellement arrivé de Madrid, répondit sans lever la tête :

— Cela ne me semble pas opportun, Monsieur.

Comme Don Miguel, muet, restait là à se mordre les lèvres, il ajouta pour le congédier :

— Vous m'en reparlerez.

Rentré chez lui, Miguel commença néanmoins quelques préparatifs de voyage. Anna, de son côté, rangeait les objets ayant appartenu à sa mère. Il lui semblait que l'amour filial de Miguel l'emportât sur l'amitié fraternelle ; ils se voyaient à peine ; leur intimité semblait morte avec Donna Valentine. Alors seulement, elle comprit le changement que cette disparition faisait dans sa vie.

Un matin, en revenant de la messe, il rencontra Anna dans l'escalier. Elle était affreusement triste. Elle lui dit :

— Voici plus d'une semaine que je ne vous ai vu, mon frère.

Elle lui tendit les mains. Cette fière Anna s'humilia jusqu'à dire :

— Hélas, mon frère, je suis si seule !

Elle lui fit pitié. Il eut honte de lui-même. Il s'en voulut de ne pas assez l'aimer.

Ils reprirent leur vie d'autrefois.

Il arrivait tous les après-midi, à l'heure où du soleil emplissait la chambre. Il s'établissait en face d'elle ; Anna était installée à coudre, mais le plus souvent son ouvrage reposait sur ses genoux, entre ses mains indolentes. Tous deux gardaient le silence ; on entendait, par la porte entrebâillée, le bourdonnement rassurant du rouet des servantes.

Ils ne savaient à quoi occuper les heures. Ils entreprirent de nouvelles lectures, mais Sénèque et Platon perdaient à n'être plus modulés par la bouche tendre de Valentine et commentés par son sourire. Miguel feuilletait impatiemment les volumes, en lisait quelques lignes, et passait à d'autres qu'il abandonnait aussi vite. Un jour, il trouva sur une table une Bible latine qu'un de leurs parents napolitains, gagné à l'évangélisme, avait laissée à Valentine avant de passer à Bâle ou en Angleterre. Don Miguel, ouvrant le livre en divers endroits, comme on le fait pour tirer des sorts, lut çà et là quelques versets. Brusquement, il s'interrompit, posa négligemment le volume, et, en se retirant, l'emporta.

Il lui tardait de s'enfermer chez lui pour le rouvrir à la page qu'il avait marquée ; quand il eut fini sa lecture, il recommença. C'était le passage des *Rois* où il est question de la violence faite par Amnon à sa sœur Thamar. Une possibilité, qu'il n'avait jamais osé regarder en face, lui apparut. Elle lui fit horreur. Il jeta la Bible au fond d'un tiroir. Donna Anna, qui tenait à ranger les livres de sa mère, la redemanda plusieurs fois. Il oubliait toujours de la rendre. Elle n'y pensa plus.

Elle venait quelquefois dans sa chambre, en son absence. Il tremblait qu'elle n'ouvrît le livre à cette page ; lorsqu'il allait sortir, il l'enfermait soigneusement.

Il lui lut des mystiques : Louis de Léon, le frère Jean de la Croix, la pieuse mère Thérèse. Mais ces soupirs mêlés de sanglots les épuisaient ; le vocabulaire ardent et vague de l'amour de Dieu émouvait davantage Anna que celui des poètes de l'amour terrestre, bien qu'au fond presque identique ; ces

effusions émanées, tout récemment
encore, de saints personnages qu'elle ne
verrait jamais, enfermés qu'ils étaient
derrière les murs de leurs couvents
d'Espagne, devenaient un moût dont
elle se grisait. Sa tête un peu renversée,
ses lèvres disjointes, rappelaient à Don
Miguel le mol abandon de saintes en
extase que les peintres représentent
presque voluptueusement envahies par
Dieu. Anna sentait le regard de son
frère posé sur elle ; confuse sans savoir
pourquoi, elle se redressait sur son
siège ; l'entrée d'une servante les faisait changer de couleur comme des
complices.

Il devenait dur. Il lui adressait d'in-
cessants reproches au sujet de son oisi-
veté, de sa tenue, de ses vêtements.
Elle les recevait sans se plaindre.
Comme il avait horreur des nudités de
gorge habituelles aux patriciennes,
Anna, pour lui plaire, s'étouffait dans
des guimpes. Il blâmait âprement ses

effusions de langage ; elle finit par imiter la réserve sévère de Miguel. Alors, il craignit qu'elle n'eût deviné quelque chose ; il l'observait à la dérobée ; elle se sentait épiée, et les incidents les plus insignifiants provoquaient des querelles. Il avait cessé de la traiter de sœur ; elle s'en aperçut ; elle en pleurait la nuit en se demandant comment elle avait pu l'offenser.

Ils se rendaient souvent ensemble à l'église des Dominicains. Il fallait traverser tout Naples ; le coche, plein des souvenirs du retour funèbre, était odieux à Miguel ; il insistait pour qu'elle emmenât sa suivante Agnésine. Elle le soupçonna d'en être épris. Elle ne pouvait supporter un pareil commerce ; l'effronterie de cette fille lui avait toujours déplu ; et, sous un prétexte quelconque, elle trouva moyen de congédier sa servante.

On était à la première semaine de décembre ; Don Miguel fit monter ses coffres et même engagea un écuyer pour le voyage. Il comptait les jours, s'efforçant de se réjouir qu'ils passassent si vite, mais plus accablé que soulagé. Seul dans sa chambre, il s'efforçait de fixer dans sa mémoire les moindres traits du visage d'Anna, comme il le ferait sûrement quand il serait loin d'elle, à Madrid. Plus il s'y essayait, moins il la voyait, et l'impossibilité de se rappeler exactement le pli d'une lèvre, la forme particulière d'une paupière, le grain de beauté sur le dos d'une main pâle, le suppliciait d'avance. Alors, pris d'une résolution soudaine, il entrait chez Anna, et la considérait avec une avidité silencieuse. Un jour, elle lui dit :

— Mon frère, si ce voyage vous afflige, notre père ne vous y forcera pas.

Il ne répondit rien. Elle crut qu'il était content de partir, et, quoique ce sentiment lui prouvât peu d'amour,

Anna n'en fut pas malheureuse : elle savait maintenant qu'aucune autre femme ne retenait Don Miguel à Naples.

Le lendemain, vers dix heures du soir, il fut appelé chez Don Alvare.

Miguel ne doutait pas qu'il ne s'agît de quelque recommandation concernant son voyage. Le marquis de la Cerna le fit asseoir, et, prenant sur une table une lettre décachetée, il la lui tendit.

Elle venait de Madrid. Un agent secret du gouverneur y narrait, en termes prudemment enveloppés, la brusque disgrâce du duc de Medina. C'était le parent chez qui Miguel devait se rendre, comme page, en Castille. Miguel tourna lentement les feuillets et rendit la lettre en silence. Son père lui dit :

— Vous voilà revenu d'Espagne.

Don Miguel parut bouleversé au point de faire ajouter au marquis :

— Je ne vous savais pas si pressé de donner libre cours à votre ambition.

Et il promit vaguement, avec une condescendance polie, qu'il aviserait à dédommager sur place Don Miguel par quelque autre situation tout aussi digne de sa naissance. Il ajouta :

— L'amour fraternel devrait vous faire préférer ne pas quitter Naples.

Don Miguel leva les yeux vers son père. Le visage du gentilhomme était impénétrable comme toujours. Un serviteur enturbanné à la mode turque des icoglans apporta au gouverneur son vin du soir. Don Miguel se retira.

Dehors, il fut pris d'un étourdissement de bonheur. Il se répétait :

« Dieu n'a pas voulu. »

Et, comme si le changement involontaire de sa fortune, en le déchargeant de toute responsabilité, l'avait justifié d'avance, il éprouvait, avec une sorte d'ivresse, une subite facilité à se précipiter sur sa pente. Il courut vers les appartements d'Anna qui à cette heure devait être seule. Il lui annoncerait lui-même qu'il restait. Elle serait très heureuse.

Le corridor et l'antichambre d'Anna étaient plongés dans l'obscurité. Un faible rai de lumière passait sous une porte. Miguel, en s'approchant, entendit la voix d'Anna qui priait.

Aussitôt, il se l'imagina, plus blanche que son linge, et tout occupée en Dieu. Dans l'immense forteresse endormie, cette voix égale et basse était le seul bruit qu'il perçût. Les paroles latines s'égrenaient dans le silence comme les gouttes d'une ondée froide et calmante. Don Miguel, insensiblement, joignit les mains et s'unit à cette prière.

Anna se tut ; le rai de lumière s'éteignit ; elle devait s'être couchée. Peu à peu, Don Miguel s'éloigna de la porte. Enfin, l'idée lui vint qu'un domestique pouvait le rencontrer dans l'antichambre ou sur le palier. Il rentra chez lui.

Une fureur de dissipations l'emporta. Son parrain, Don Ambrosio Caraffa, venait de lui envoyer pour son dix-neuvième anniversaire deux genets de Barbarie. Il se remit à faire courir. Quittant sa chambre, située au même étage que celle de Donna Anna, et dans le même quartier de la forteresse, il en prit une autre à l'extrémité opposée du château, non loin des écuries particulières du gouverneur.

Son père le croyait occupé à regretter ses ambitions d'Espagne. Anna, prenant cette séparation comme un outrage, pensa qu'il la soupçonnait d'avoir contrarié son départ. Elle n'osait se justifier en face ; sa fierté l'empêchait de se plaindre, mais son chagrin n'était que trop visible, et Don Miguel, aux rares occasions où il la rencontrait dans la grande salle ou les couloirs du Fort Saint-Elme, lui demandait durement pour quelle raison elle affectait la tristesse.

Il se forçait à fréquenter la cour du vice-roi. Il n'y avait que peu d'amis ; l'intransigeance espagnole du gouverneur commençait à dresser contre lui la noblesse de la péninsule. Miguel errait seul dans cette cohue, et les grasses beautés napolitaines, avivées de fard et de joyaux, la gorge nue sous l'éclat des lustres, l'irritaient par leur lascivité enduite de pétrarquisme. Anna était quelquefois obligée de paraître à ces fêtes. Il la voyait de loin, tout en noir, les hanches monstrueusement élargies par l'épaisseur du garde-infante : la foule les séparait ; un ennui plus lourd tombait des plafonds à corniches, et le reste des vivants n'était plus pour lui que d'opaques fantômes. Le matin, sur le seuil de quelque basse taverne du port, Don Miguel se retrouvait, malade, grelottant de froid, hébété de fatigue, aussi morne que le ciel à l'approche de l'aube.

A plus d'une reprise, dans le couloir d'un bouge, il rencontra Don Alvare. Ni l'un ni l'autre ne voulurent se reconnaître ; Don Alvare portait d'ailleurs un masque, comme c'était l'usage dans ce genre de lieux. Les jours suivants, toutefois, lorsque Miguel croisait son père sous la poterne du Fort Saint-Elme, il croyait déchiffrer sur ce visage hermétiquement clos le sarcasme d'un sourire.

Il essaya des courtisanes. Mais la plus jeune lui parut vieille comme les péchés d'Hérode, et il restait, accoudé à une table, perdu dans une pensée toujours la même, payant à boire à des amis de rencontre, tandis que les femmes de la taverne se penchaient sur son épaule.

Une nuit, dans un bouge de la rue de Tolède, assis, les coudes sur les genoux et la tête entre les mains, il regardait danser une fille. Elle n'était pas belle, maussade, avec aux coins des lèvres le pli amer de ceux qui servent au plaisir des autres. Elle n'avait sans doute qu'une vingtaine d'années, mais on ne pouvait voir cette chair misérable sans penser aux innombrables étreintes qui l'avaient usée déjà. Un client, qui l'attendait en haut, s'impatientait peut-être. La maquerelle se pencha à la balustrade de l'étage et cria :

— Anna, tu viens ?

Ivre de dégoût, il se leva et sortit.

Aussitôt, il crut s'apercevoir qu'on le suivait. Il se jeta dans une rue latérale. Ce n'était pas la première fois qu'il éprouvait la sensation d'avoir un espion à ses trousses ; il se mit à marcher plus vite. La montée au Fort Saint-Elme était longue et rude. En rentrant, il vit, comme toujours lorsqu'il revenait à l'aube, que les volets d'Anna étaient entrebâillés. Arrivé sur l'esplanade, il se retourna, et, le long des pentes du Vomero, il aperçut son propre écuyer, Meneguino d'Aia, qui montait.

Cet homme, avant de passer à son service, avait longtemps appartenu à Don Ambrosio Caraffa, qui lui avait donné sa confiance. Il était assez bien né, et, disait-on, avait connu des temps meilleurs. Son air de franchise avait plu tout d'abord à son nouveau maître ; pourtant, depuis quelques semaines, Don Miguel se sentait épié par ce trop parfait domestique. Il surprit, dans les couloirs du château, de mystérieux conciliabules entre Meneguino d'Aia et les femmes de sa sœur. Enfin, à deux ou trois reprises, il le vit entrer chez Donna Anna sous la conduite d'une servante. Ses luttes intérieures, en fatiguant son esprit, le laissaient en proie à des soupçons qu'il jugeait lui-même ignobles. Ses accointances de la cour et des tavernes lui avaient appris à craindre les dangereuses fantaisies des femmes.

Il eut l'idée d'écouter aux portes. Son orgueil se cabra en présence d'une telle bassesse.

Anna, en ces temps de Carnaval, multipliait les prières. Elle était avertie par Meneguino d'Aia des faits et gestes de Don Miguel ; ces banals péchés lui paraissaient plus exécrables, depuis qu'elle les savait commis par son frère. Ce qu'elle en imaginait la désespérait et la troublait tout ensemble. Elle remettait de jour en jour le moment de lui parler.

Un matin, comme il s'apprêtait pour la messe, il la vit entrer dans sa chambre. Elle s'arrêta tout interdite, voyant qu'il n'était pas seul. Meneguino d'Aia se trouvait dans l'embrasure de la fenêtre, occupé à réparer un harnais. Miguel dit à Anna en lui montrant cet homme :

— Voilà ce que vous cherchez.

Donna Anna pâlit ; leur silence à tous deux eût continué longtemps si l'homme de Don Ambrosio Caraffa ne s'était avancé.

— Monseigneur, dit-il, j'ai eu tort de vous dissimuler quelque chose. Donna Anna, qui s'inquiète de votre conduite, m'a prié de veiller sur vous. Elle est quelque peu votre aînée. Je ne pense pas que vous puissiez en vouloir à votre sœur de sa trop grande tendresse.

Le visage de Miguel changea subitement d'expression et parut s'éclaircir. Pourtant, sa colère semblait croître. Il s'écria :

— C'est parfait !

Et, se tournant vers sa sœur :

— Ainsi, c'est pour m'épier que vous avez gagné cet homme ! Le matin, quand je rentrais, vous m'attendiez comme une maîtresse qu'on abandonne ! Est-ce votre droit ? Avez-vous ma garde ? Suis-je votre fils ou votre amant ?

Anna, la tête cachée contre le dossier d'un fauteuil, sanglotait. La vue des

64

larmes parut adoucir Miguel. Il dit à Meneguino d'Aia :

— Ramenez-la chez elle.

Resté seul, il s'assit sur le siège qu'elle venait de quitter. Il exultait, se disant : « Elle est jalouse. »

S'étant levé, il alla s'accouder devant le miroir jusqu'à ce que ses yeux fatigués de fixer sa propre image ne lui présentassent plus qu'un brouillard. Meneguino d'Aia revint. Don Miguel lui paya ses gages et le renvoya sans une parole.

La fenêtre de sa chambre donnait sur les contreforts. En se penchant, on dominait un ancien chemin de ronde, hors d'usage mais auquel le gouverneur avait accès. L'escalier du bastion s'y embranchait plus loin ; Don Alvare, dans ces cellules abandonnées, passait pour faire venir de temps à autre des femmes perdues. La nuit, parfois, on entendait le rire étouffé des entremetteuses et des filles. Elles montaient : les visages fardés apparaissaient dans le tremblement d'une lanterne, et ces choses, qui répugnaient à Miguel, achevaient d'abolir ses scrupules en lui prouvant l'universel pouvoir de la chair.

Quelques jours plus tard, Anna, rentrant chez elle, trouva la Bible de Donna Valentine qu'elle avait souvent redemandée à son frère. Le livre était ouvert et retourné contre la table comme si celui qui lisait, en s'interrompant, avait voulu marquer un passage. Donna Anna le prit, mit un signet entre les feuillets, et le rangea soigneusement sur un rayon. Le lendemain, Don Miguel lui demanda si elle avait jeté les yeux sur ces pages. Elle répondit que non. Il craignit d'insister.

Il ne s'interdisait plus sa présence. Son attitude se modifia. Il ne se privait plus d'allusions qu'il s'imaginait claires. Elles ne l'étaient que pour lui ; tout maintenant ne lui semblait que trop visiblement se rapporter à sa hantise. Tant d'énigmes bouleversaient Anna sans qu'elle cherchât à leur trouver un sens. Des angoisses inexplicables la prenaient devant son frère ; il la sentait tressaillir au moindre contact de ses mains. Alors, il s'écartait. Le soir, rentré chez lui, énervé jusqu'aux larmes, s'en voulant à son tour de son désir et de ses scrupules, il se demandait avec effroi ce qui serait arrivé le lendemain à pareille heure. Les jours, sans rien changer, passaient. Il crut qu'elle ne voulait pas comprendre. Il commençait à la haïr.

Il ne se refusait plus aux imaginations nocturnes. Il attendait avec impatience cette demi-inconscience d'un esprit qui va s'endormir ; le visage enfoncé dans ses oreillers, il s'abandonnait à ses rêves. Il s'en réveillait les mains brûlantes, la bouche mauvaise

comme après la fièvre, et plus désemparé que la veille.

Le Jeudi Saint, Anna fit demander à
son frère s'il ne désirait pas l'accompa-
gner dans sa tournée de sept églises. Il
fit répondre que non. Le carrosse
d'Anna l'attendait. Elle partit seule.

Il continua d'aller et de venir dans
sa chambre. Au bout de quelque temps,
il n'y tint plus. Il s'habilla et sortit.

Anna avait déjà visité trois églises.
La quatrième devait être celle des
Lombards ; le carrosse s'arrêta sur la
place de Mont-Olivet, devant un porche bas auprès duquel s'assemblaient
en glapissant des mendiants infirmes.
Donna Anna traversa la nef et entra
dans la chapelle du Saint-Sépulcre.

Un roi de la Naples aragonaise
s'était fait représenter là avec ses
maîtresses et ses poètes, dans les attitu-
des d'une veillée funèbre qui durerait

toujours. Sept personnages en terre cuite, de taille humaine, agenouillés ou accroupis à même les dalles, se lamentaient autour du cadavre de l'Homme-Dieu qu'ils avaient suivi et aimé. Chacun d'eux était le fidèle portrait d'un homme ou d'une femme mort depuis un siècle à peine, mais leurs effigies désolées semblaient gémir sur place depuis le temps de la Crucifixion. Des restes de couleur les paraient encore : le rouge du sang du Christ s'écaillait comme les grumeaux d'une vieille plaie. La crasse du temps, les cierges, le faux jour de la chapelle donnaient à ce Jésus l'aspect atrocement mort que dut avoir celui du Golgotha, quelques heures avant Pâques, lorsque la pourriture essayait son œuvre, et que les anges eux-mêmes commençaient à douter. La foule continuellement renouvelée piétinait dans l'étroit espace. Des loqueteux coudoyaient des gentilshommes ; des ecclésiastiques affairés comme à des obsèques se frayaient un passage parmi les soldats de la flotte aux visages tannés par la mer et balafrés par le sabre turc. Dominant de haut les fronts inclinés, d'autres statues de vierges et de saints s'alignaient dans des niches, revêtues selon l'antique usage de voiles violets en l'honneur de ce deuil qui passe tous les deuils.

On s'écartait devant Anna pour lui faire place ; son nom chuchoté de bouche en bouche, sa beauté et la magnificence de ses vêtements arrêtaient un instant le mouvement des rosaires. Un carreau de velours noir fut glissé devant elle ; Donna Anna s'agenouilla. Penchée sur le mort d'argile étendu sur les dalles, elle baisa dévotement les plaies du flanc et des mains trouées. Son voile, qui descendait sur son visage, la gênait. Comme elle se relevait un peu pour le rejeter en arrière, elle crut sentir que quelqu'un la regardait, et, tournant la tête vers la droite, elle vit Don Miguel.

La violence avec laquelle il la fixait l'effraya. La largeur d'un banc les séparait. Il était, comme elle, vêtu de noir, et, terrifiée, plus blanche que la chair des cierges, elle regardait cette statue sombre au pied des statues violettes.

Puis, se rappelant qu'elle était là pour prier, elle s'inclina de nouveau pour baiser les pieds du Christ. Quelqu'un se penchait sur elle. Elle savait que c'était son frère. Il dit :

— Non.

Et, toujours à voix basse :

— Vous me retrouverez sur le seuil.

Anna ne songea même pas à lui désobéir. Elle se leva, et, à travers l'église toute bruissante de litanies, elle gagna l'angle du porche.

Miguel l'attendait. Tous deux, en cette fin de Carême, luttaient contre l'énervement que causent les longues abstinences. Il dit :

— J'espère que vos dévotions sont finies.

Elle attendait qu'il continuât. Il reprit :

— N'y a-t-il pas d'autres églises, plus solitaires ? Vous a-t-on admirée assez longtemps ? Est-il bien nécessaire d'apprendre au peuple la façon de vos baisers ?

— Mon frère, dit Anna, vous êtes très malade.

— Vous vous en apercevez ? dit-il.

Et il lui demanda pourquoi elle n'était pas allée faire au couvent d'Ischia la retraite de la Semaine Sainte. Elle n'osa lui dire qu'elle n'avait pas voulu le quitter.

Le carrosse les attendait. Elle y entra. Il l'y suivit. Sans poursuivre la visite des églises, elle donna ordre qu'on les ramenât au Fort Saint-Elme. Elle se tenait toute droite sur son siège, soucieuse et rigide. Don Miguel, en la regardant, songeait à l'évanouissement de sa sœur sur la route de Salerne.

Ils arrivèrent. Le carrosse s'arrêta sous la poterne. Ils remontèrent ensemble dans la chambre d'Anna. Miguel sentait qu'elle avait à lui parler. En ôtant son voile, elle lui dit :

— Saviez-vous que notre père m'a proposé un mariage en Sicile ?

— Ah ? dit-il. Qui est-ce ?

Elle répondit humblement :

— Vous savez bien que je n'accepterai pas.

Et, disant qu'elle préférait se retirer du monde, peut-être pour toujours, elle parla d'entrer au couvent d'Ischia ou dans celui des Clarisses de Naples, beau cloître qu'avait souvent visité Donna Valentine.

— Êtes-vous folle ? s'écria-t-il.

Il semblait hors de lui. Il dit :

— Et vous y vivriez, trempée de larmes, à vous consumer d'amour pour une figure de cire ? Je vous ai vue, tout à l'heure. Et je vous permettrais un amant parce qu'il est crucifié ? Êtes-vous aveugle, ou si vous mentez ? Croyez-vous que je veuille vous céder à Dieu ?

Elle recula tout effrayée. Il répéta plusieurs fois :

— Jamais !

Il se tenait adossé à la muraille, soulevant déjà d'une main la portière pour sortir. Un râle lui emplissait la gorge. Il s'écria :

— Amnon, Amnon, frère de Thamar !

Il sortit en claquant la porte.

Anna restait affaissée sur son siège. Le cri qu'elle venait d'entendre résonnait encore en elle ; de vagues récits des Saintes Écritures lui revinrent en mémoire ; sachant déjà ce qu'elle allait lire elle alla prendre la Bible de Donna Valentine et l'ouvrit à l'endroit marqué, au passage où Amnon fait violence à sa sœur Thamar. Elle n'alla pas plus loin que les premiers versets. Le livre lui glissa des mains, et, renversée sur le dossier de son siège, stupéfaite de s'être menti si longtemps, elle écoutait bondir son cœur.

Il lui sembla qu'il se dilatait au point d'emplir tout son être. Une mollesse irrésistible la gagnait. Traversée de brusques secousses, les genoux serrés, elle restait repliée sur ce battement intérieur.

La nuit suivante, Miguel, couché dans son lit sans dormir, crut entendre quelque chose. Il n'en était pas sûr : c'était moins un bruit que le frémissement d'une présence. Ayant en pensée vécu souvent des instants semblables, il se dit qu'il avait la fièvre, et, s'efforçant de se calmer, il se remémora que la porte était verrouillée.

Il ne voulait pas se redresser ; il se

redressa et s'assit. Il semblait que la conscience qu'il avait de ses actes se fît plus nette à mesure que ceux-ci devenaient plus involontaires. Assistant pour la première fois à cet envahissement de soi-même, il sentait se vider graduellement son esprit de tout ce qui n'était pas cette attente.

Il posa les pieds sur les dalles, et, très doucement, se leva. D'instinct, il retenait son souffle. Il ne voulait pas l'effrayer ; il ne voulait pas qu'elle sût qu'il écoutait. Il craignait qu'elle prît la fuite, et davantage qu'elle restât. Le plancher, de l'autre côté du seuil, craquait un peu sous deux pieds nus. Il s'approcha de la porte, sans bruit, avec de nombreux temps d'arrêt, et finit par s'appuyer au battant. Il sentit qu'elle s'y appuyait aussi ; le tremblement de leurs deux corps se communiquait aux boiseries. Il faisait entièrement noir : chacun écoutait dans l'ombre le halètement d'un désir pareil au sien. Elle n'osait le supplier d'ouvrir. Pour oser ouvrir, il attendait qu'elle parlât. Le sentiment de quelque chose d'immédiat et d'irréparable le glaçait ; il souhaitait à la fois qu'elle ne fût jamais venue et qu'elle fût entrée déjà. Le battement de ses artères l'empêchait d'entendre. Il dit :

— Anna...

Elle ne répondit pas. Hâtivement, il repoussa les verrous. Ses mains agitées tâtonnaient sans parvenir à soulever le loquet. Lorsqu'il ouvrit, il n'y avait plus personne de l'autre côté du seuil.

Le long corridor voûté était aussi noir que l'intérieur de la chambre. Il entendit fuir et se perdre dans l'éloignement le bruit mat, léger, précipité des pieds nus.

Il attendit longtemps. Il n'entendait plus rien. Laissant la porte grande ouverte, il retourna s'allonger entre les draps. A force d'épier les moindres frémissements du silence, il finissait par s'imaginer tantôt un frôlement d'étoffe, tantôt un faible et timide appel. Des heures passèrent. Se haïssant pour sa lâcheté, il se consolait à penser combien elle devait souffrir.

Lorsqu'il fit tout à fait jour, il se leva et alla fermer la porte. Seul dans la pièce vide, il songeait : « Elle serait là. »

Les couvertures rejetées faisaient de larges masses d'ombre. Une fureur le prit contre lui-même. Il s'abattit sur les matelas. Il s'y roulait en criant.

Anna passa la journée du lendemain dans sa chambre. Les volets étaient clos. Elle ne s'était même pas vêtue : la longue robe noire dont l'enveloppaient chaque matin ses coiffeuses flottait autour d'elle en plis lâches. Elle avait défendu qu'on laissât entrer personne. Assise, la tête appuyée aux aspérités du dossier, elle souffrait sans pleurer, sans penser, humiliée tout ensemble de ce qu'elle avait tenté et de l'avoir tenté en vain, trop épuisée même pour sentir son mal.

Vers le soir, pourtant, ses femmes lui apportèrent des nouvelles.

Don Miguel, à l'heure de midi, s'était présenté chez son père. Mais le gentilhomme était dans l'une de ses crises de terreur mystique durant lesquelles il se croyait damné. Devant l'insistance de Miguel, des serviteurs le laissèrent néanmoins entrer dans l'oratoire où se tenait Don Alvare, qui referma impatiemment son livre d'heures.

Don Miguel lui annonça son embarquement prochain sur une de ces galères armées pour la chasse aux pirates qui croisaient de Malte à Tanger. On acceptait n'importe qui sur ces bâtiments souvent mal équipés ou vétustes, dont l'équipage se composait d'aventuriers, parfois même d'anciens pirates ou de Turcs convertis, sous les ordres de quelque capitaine de hasard. Les domestiques, renseignés on ne sait comment, croyaient savoir que Don Miguel avait signé son engagement le matin même.

Don Alvare lui dit sèchement :

— Vous avez de singulières idées pour un gentilhomme.

Ce coup lui était dur, pourtant. On le vit pâlir. Il dit à son fils :

— Songez, Monsieur, que je n'ai plus d'autre héritier.

Don Miguel regardait fixement dans le vide. Quelque chose de désespéré se peignit dans ce regard, et, sans qu'un muscle de sa figure tressaillît, son visage se couvrit de larmes. Alors, Don Alvare parut comprendre qu'un cruel combat se livrait, peut-être de longue date, dans l'âme de son fils. Don Miguel allait parler, se confier sans doute. Son père l'arrêta d'un geste.

— Non, dit-il. Je suppose qu'une épreuve vous est envoyée. Je n'ai pas à la connaître. Personne n'a le droit de se mettre entre une conscience et Dieu. Faites ce qui vous semblera le meilleur. Pour me charger de vos misères, j'ai déjà trop de mes péchés.

Il serra la main de son fils ; les deux hommes s'embrassèrent solennellement. Don Miguel sortit. On ne savait pas, depuis, où il se trouvait.

Les femmes d'Anna, voyant qu'elle ne leur répondait pas, la laissèrent.

Anna resta seule. Il faisait maintenant tout à fait sombre. La chaleur, pour ce quatrième jour d'avril, était précoce et suffocante. Anna sentait de nouveau s'agiter son cœur ; elle s'apercevait, avec effroi, que sa fièvre de la veille allait reprendre à la même heure. Elle étouffait. Elle se leva.

Elle s'approcha du balcon, ouvrit les

volets pour laisser entrer la nuit, et s'adossa à la muraille pour respirer.

Le balcon, très large, communiquait avec plusieurs chambres. Don Miguel était assis à l'angle opposé, accoudé à la balustrade. Il ne se retourna pas. Un frémissement l'avertissait qu'elle était là. Il ne fit pas un geste.

Donna Anna regardait fixement dans l'ombre. Le ciel, dans cette nuit du Vendredi Saint, semblait resplendissant de plaies. Donna Anna se roidissait de souffrance. Elle dit :

— Pourquoi ne m'avez-vous pas tuée, mon frère ?

— J'y ai pensé, dit-il. Je vous aimerais morte.

Alors seulement, il se retourna. Elle entrevit, dans la pénombre, ce visage défait que semblaient corroder les larmes. Les mots qu'elle avait préparés s'arrêtèrent sur ses lèvres. Elle se pencha sur lui avec une compassion désolée. Ils s'étreignirent.

Trois jours plus tard, dans l'église des Dominicains, Don Miguel assistait à la messe.

Il avait quitté le Fort Saint-Elme aux premiers feux du jour, ce lundi que le peuple appelle la Pâque de l'Ange, parce qu'un envoyé céleste y parla autrefois à des femmes au bord d'un tombeau. Là-haut, dans la grise forteresse, quelqu'un l'avait accompagné sur le seuil d'une chambre. Les adieux s'étaient prolongés en silence. Il avait dû, très doucement, dénouer les bras tièdes qui se serraient contre sa nuque. Sa bouche gardait encore la saveur âcre des larmes.

Il priait éperdument. A chaque prière en succédait une autre, plus ardente ; chaque fois, un élan nouveau l'emportait vers une troisième prière. Il ressentait, avec un étourdissement d'ivresse, cet allégement du corps qui semble libérer l'âme. Il ne regrettait rien. Il remerciait Dieu de n'avoir pas permis qu'il s'en allât sans ce viatique du départ. Elle l'avait supplié pour qu'il restât ; il était parti au jour fixé. Cette parole tenue à soi-même le confirmait dans ses traditions d'honneur, et l'immensité de son sacrifice lui semblait engager Dieu. Ses mains entre lesquelles, pour mieux s'abstraire de tout, il enfermait son visage, lui rendaient le parfum de la chair caressée. N'ayant plus rien à attendre de la vie, il se lançait vers la mort comme vers un achèvement nécessaire. Et, certain d'accomplir sa mort comme il avait accompli sa vie, il sanglotait sur son bonheur.

Des fidèles se levèrent pour communier. Il ne les suivit pas. Il ne s'était pas confessé en vue de la communion pascale ; une sorte de jalousie l'empêchait de révéler son secret, fût-ce à un prêtre. Seulement, il s'approcha le plus près possible de l'officiant debout de l'autre côté du banc de pierre, afin que l'influence de l'hostie descendît sur lui. Un rayon de soleil glissait le long d'un pilier tout proche. Il appuya la joue à cette pierre lisse et douce comme un contact humain. Il fermait les yeux. Il se remit à ses prières.

Il ne priait pas pour soi. Un obscur instinct, hérité peut-être de quelque ancêtre inconnu ou nié qui avait combattu sous le Croissant, l'assurait que tout homme tué dans un combat contre les infidèles est forcément sauvé. La mort, à la recherche de laquelle il partait, le dispensait du pardon. Il priait Dieu, passionnément, d'épargner sa sœur. Il ne doutait pas que Dieu n'y consentît. Il l'exigeait, comme un droit. Il lui semblait, l'enveloppant de son sacrifice, la soulever avec lui vers une éternité bienheureuse. Il l'avait quittée ; il pensait qu'il ne l'abandonnait pas. La plaie de l'arrachement avait cessé de saigner. Dans ce matin où des femmes éplorées ne trouvèrent devant elles qu'un tombeau vide, Don Miguel laissait monter sa gratitude envers la vie, la mort, et Dieu.

Quelqu'un lui mit la main sur l'épaule. Il rouvrit les yeux ; c'était Fernao Bilbaz, le capitaine du navire sur lequel il s'embarquait. Ensemble, ils sortirent de l'église. Dehors, l'aventurier portugais lui dit qu'un calme retardait le départ de leur galère ; qu'il rentrât chez lui, mais se tînt prêt au moindre frisson de la brise. Don Miguel remonta au Fort Saint-Elme, mais n'oublia pas d'attacher aux volets d'Anna une longue écharpe qu'on entendrait claquer au vent.

Le surlendemain, dès l'aube, ils entendirent les crissements de la soie. Les adieux et les larmes se renouvelèrent, pareils à ceux de l'avant-veille, un peu comme souvent se répète un songe. Mais peut-être ne croyaient-ils plus ni l'un ni l'autre à la perpétuité des adieux.

Quelques semaines passèrent ; vers la fin mai, Anna apprit comment Don Miguel avait trouvé la mort.

Le navire commandé par Fernao Bilbaz avait rencontré un corsaire algérien, à mi-chemin entre l'Afrique et la Sicile. A la canonnade avait succédé l'abordage. La nef sarrasine avait coulé, mais le vaisseau espagnol, victorieux, bien que désemparé, avec ses agrès rompus et son mât brisé, avait erré plusieurs jours en proie aux vagues et au vent. Une rafale enfin le poussa sur une grève, non loin de la petite ville sicilienne de Cattolica. Entre temps, la plupart des hommes blessés au cours du combat étaient morts.

Des paysans d'un village tout proche, mus peut-être par l'appât du gain, descendirent vers cette espèce d'épave. Fernao Bilbaz fit creuser une fosse, et, aidé du vicaire de Cattolica, donna la sépulture aux défunts. Mais Don Alvare avait de grands domaines dans cette partie de la Sicile ; quand les gens du pays entendirent le nom de Don Miguel, ils déposèrent pieusement son corps pour la nuit dans l'église de Cattolica ; on achemina ensuite son cercueil vers Palerme, d'où il fut embarqué pour Naples.

Don Alvare, instruit de cette fin, s'était borné à dire :

— C'est une belle mort.

Pourtant, elle le consternait. Son premier fils, encore enfant, avait été emporté par une pestilence en même temps que sa mère, quelques années avant la naissance de Miguel. Ce double deuil avait porté Don Alvare à contracter une nouvelle union, mais celle-ci à son tour s'était avérée pire que vaine. Autant que Miguel disparu, il déplorait ses inanes efforts pour agrandir et consolider l'édifice de sa fortune, qui, encore inachevée, serait bientôt sans possesseur. Son sang et son nom ne lui survivraient pas. Sans le détourner tout à fait de l'accomplissement de ses devoirs de gentilhomme, cette fin, en lui rappelant la vanité de tout, contribua par la suite à le précipiter plus avant dans l'ascétisme ou la débauche.

Le corps de Don Miguel, débarqué au crépuscule, fut déposé provisoirement dans la petite église de Saint-Jean-de-la-Mer, non loin du port.

C'était une soirée de juin un peu brumeuse, étouffante et douce. Anna, venue à la nuit close, donna ordre qu'on ouvrît le cercueil.

Quelques flambeaux éclairaient l'église. Une plaie visible au côté gauche fit espérer à Anna que son frère n'avait pas eu longtemps à souffrir. Mais savait-on ? Peut-être au contraire avait-il longuement agonisé parmi d'autres mourants sur le pont à demi rompu du navire. Fernao Bilbaz lui-même ne se souvenait plus. Deux ou trois moines psalmodiaient. Anna se disait que ce corps à demi dissous continuerait à se défaire entre ces planches, et qu'elle enviait la pourriture. On allait reclouer le cercueil. Anna chercha quelque chose d'elle qu'il fût possible d'y enfermer. Elle n'avait pas songé à faire apporter des fleurs.

Elle avait au cou un scapulaire du Mont-Carmel. Miguel au moment du départ l'avait plusieurs fois baisé. Elle l'ôta et le posa sur la poitrine de son frère.

Le marquis de la Cerna, contre lequel l'hostilité populaire continuait à croître, crut prudent de ne pas assister au transfert du corps à Saint-Dominique, où devaient avoir lieu les obsèques. Il se fit nuitamment sans cérémonie ; Anna suivit dans un carrosse. Elle faisait pitié à ses femmes.

Les funérailles furent célébrées le lendemain, devant toute la cour. Agenouillé près du chœur, Don Alvare regardait fixement le haut catafalque ; sous cet empilement de tentures et d'emblèmes, la forme de la bière disparaissait ; dans l'esprit du gentilhomme toutes sortes de visions passèrent, arides comme le sol d'une sierra, âpres comme un cilice, poignantes comme un *Dies Irae*. Il regardait ces blasons, vanité des lignages, qui ne servent après tout qu'à rappeler à chaque famille le nombre de ses morts. Le monde, avec ses vanités et ses plaisirs, lui semblait un linceul de soie sur un squelette. Son fils, ainsi que lui, avait goûté à cette cendre. Sans doute, Don Miguel avait été damné ; Don Alvare, avec une religieuse épouvante, pensait qu'il allait probablement l'être aussi ; il s'abîmait à l'idée de ces châtiments éternels infligés à des créatures de chair, pour quelques brefs frémissements d'une joie qui n'est pas du bonheur. A ce fils, qu'il avait peu aimé, il se sentait maintenant rattaché par une parenté plus intime et plus mystérieuse : celle qu'établissent entre les hommes, à travers la lugubre diversité des fautes, les mêmes angoisses, les mêmes luttes, les mêmes remords, la même poussière.

Anna se trouvait en face de lui, de l'autre côté de la nef. A Don Alvare, ce visage étincelant de larmes rappelait celui de Miguel, le jour du Vendredi

Saint, lorsque son fils était venu lui annoncer son départ, sur le seuil de la mort, et, sans doute, du péché. D'anciens indices, que son esprit avait fini par grouper, le sauvage désespoir d'Anna, et jusqu'à certaines réticences inquiétantes des servantes, lui faisaient soupçonner ce qu'il s'interdisait de savoir. Il regardait Anna, haineusement. Cette femme lui faisait horreur. Il se disait : « Elle l'a tué. »

L'impopularité de Don Alvare, brusquement, s'aggrava.

Don Ambrosio Caraffa avait un frère, Liberio. Ce jeune homme, nourri des poètes et des orateurs de l'Antiquité, s'était voué au service de sa patrie italienne. Dans l'émoi qui suivit les tumultes en Calabre, il excita les paysans contre les officiers de l'impôt, conspira, dut fuir. Sa tête fut mise à prix ; on le croyait en sûreté dans l'un des châteaux de sa famille, lorsqu'on apprit tout à coup qu'il venait d'être emprisonné au Fort Saint-Elme.

Le vice-roi était absent. Don Ambrosio Caraffa se rendit chez le gouverneur pour le prier de surseoir à l'exécution. Le parrain de Don Miguel dit au marquis de la Cerna :

— Je ne vous demande qu'un sursis. J'aime Liberio comme mon enfant. Il n'a que l'âge qu'avait Don Miguel.

Don Alvare répondit :

— Mon fils est mort.

Don Ambrosio Caraffa comprit que tout espoir était perdu. Il exécrait, mais plaignait Don Alvare ; il n'était pas non plus sans admirer cette fermeté inébranlable. Il l'eût admirée davantage s'il avait su que le gouverneur obéissait à des ordres donnés de vive voix par le comte Olivarès, et savait qu'il serait désavoué.

94

On apprit quelques heures plus tard que la tête de Liberio était tombée. Désormais, Don Alvare n'osa plus descendre que rarement, muni d'une forte escorte, ou au contraire masqué et à la nuit close, vers la ville où l'attiraient ses dévotions et ses plaisirs. On le reconnut ; on lui jeta des pierres ; il s'enferma au Fort Saint-Elme et n'en sortit plus. La citadelle, posée sur Naples comme le poing du Roi Catholique, était détestée du peuple.

Anna se rendait chaque soir à l'église de Saint-Dominique. Les pires ennemis de son père s'apitoyaient quand elle passait. Elle se faisait ouvrir la chapelle, et restait là inerte et sans larmes, oubliant même de prier. Les fidèles qui fréquentaient l'église à cette heure tardive la regardaient à travers la grille, n'osant même prononcer son nom, de peur de faire se retourner cette forme pareille à une statue sur une tombe.

On crut qu'elle entrerait en religion. Elle n'en voulut jamais rien faire. Sa vie en apparence n'avait pas changé, mais une règle presque monastique gouvernait ses journées, et elle portait un cilice pour se rappeler son péché. La nuit, elle s'étendait sur un étroit lit de planches qu'elle avait fait dresser près de l'énorme couche où elle ne voulait plus dormir. Des rêves la réveillaient ; elle était seule. Alors, elle se désespérait à se dire que tout cela était aussi passé qu'un songe, qu'elle n'en avait pas la preuve, qu'elle finirait par l'oublier. Pour tout revivre, elle s'enfonçait dans sa mémoire. Aucune possibilité d'avenir ne tressaillait en elle. Si désolé était le sentiment de sa solitude qu'Anna eût ardemment désiré ce dont l'attente, en pareil cas, épouvante la plupart des femmes.

Le vice-roi de Naples, le comte Olivarès, revint. Don Alvare fut appelé chez lui. Le comte lui dit sans préambule :

— Vous saviez que je vous désavouerais.

Don Alvare s'inclina. Le comte Olivarès reprit :

— Ne croyez pas que j'agisse ainsi dans mon intérêt propre. Je viens de recevoir du roi mes lettres de rappel, et un plus grand monarque me rappellera sans doute bientôt.

Il ne mentait pas. Il était malade, gonflé d'hydropisie. Il dit encore :

— Le marquis de Spinola cherche pour la guerre de Flandre un lieutenant qui connaisse les Pays-Bas. Vous avez naguère combattu dans cette province. Justement, par la Savoie, nous y dirigeons un convoi d'hommes et d'argent. Vous le conduirez.

C'était un exil. Don Alvare, prenant congé du comte Olivarès, baisa cette main flasque et dit pensivement :

— Tout n'est rien.

En rentrant, il fit prévenir Anna qu'elle eût à s'occuper du prochain départ.

Le gouverneur passa ses derniers jours à Naples à se recueillir dans la chartreuse de Saint-Martin, forteresse de prières qui jouxtait la sienne. Anna procéda à un inventaire. On arriva à la chambre de Don Miguel. Anna ne s'était pas approchée de cette porte depuis le jour où Miguel lui avait cherché querelle au sujet d'un écuyer. En ouvrant, une faiblesse la prit ; cet incident oublié avait lieu de nouveau devant elle ; Miguel s'efforçait à lui crier des injures, le rouge de la vie et de la colère sur ses joues brunes. La pièce, où traînaient encore des harnachements précieux, était imprégnée d'une odeur de cuir. Elle se disait, et en se le disant savait qu'elle se mentait, qu'à ce moment-là rien encore n'était arrivé d'irréparable, et que tout aurait pu tourner autrement. Une faiblesse la prit. Les femmes ouvrirent les volets pour donner de l'air. Elle ne se remettait pas. Elle sortit.

Le gouverneur avait décidé, par prudence, que le départ aurait lieu de très bonne heure. Les femmes d'Anna l'habillèrent à la lumière des flambeaux. Puis elles descendirent avec les coffres. Anna restée seule s'avança sur le balcon pour regarder Naples et le golfe dans la blancheur mate du matin.

C'était une journée du milieu de septembre. Anna, penchée sur la balustrade, cherchait au dessous d'elle, comme les stations d'une voie qu'elle ne referait jamais plus, chacun des lieux où s'était un moment arrêtée sa vie. La déclivité d'une colline, à droite, lui cachait l'île d'Ischia où deux enfants pensifs avaient ensemble épelé une page du *Banquet*. La route de Salerne, à gauche, se perdait dans la distance. Anna reconnaissait, près du port, l'église de Saint-Jean-de-la-Mer, où elle avait rejoint Miguel pour la dernière fois, et, jaillissant de l'étagement des toits en terrasse, le campanile de Saint-Dominique-des-Aragonais. Quand ses femmes remontèrent, elles découvrirent leur maîtresse étendue sur le grand lit défait, prostrée sur un souvenir.

Un coche attendait dans la cour d'honneur. Elle prit docilement sa place dans ce véhicule où son père se trouvait déjà. Devant l'entrée, des domestiques du nouveau gouverneur, portant des ustensiles et des meubles, se querellaient avec les valets qui partaient. L'attelage s'ébranla. En traversant la ville presque déserte à

cette heure, Anna demanda qu'on arrê-
tât quelques instants devant Saint-
Dominique qui venait d'ouvrir ses
portes. Don Alvare ne s'y opposa
point.

Des moments passèrent. Le marquis
s'impatientait. Les femmes, sur son
ordre, entrèrent dans l'église pour prier
Donna Anna d'en sortir. Elle reparut
bientôt.

Elle avait abaissé son voile. Elle se
rassit à sa place sans une parole, dure,
indifférente, impassible, comme si dans
cette chapelle, en guise d'ex-voto, elle
avait laissé son cœur.

Donna Anna avait composé pour le
tombeau l'épitaphe d'usage. On y lisait
sur la plinthe :

LUCTU MEO VIVIT

Suivait en espagnol le nom et les
titres. Puis, sur le socle :

101

ANNA DE LA CERNA Y LOS HERREROS,
SOROR
CAMPANIAE CAMPOS
PRO BATAVORVM CEDANS
HOC POSUIT MONVMENTVM
AETERNUM AETERNI DOLORIS
AMORISQVE

L'Infante en Flandre savait gré à
Monsieur de Wirquin, capitaine-
colonel d'une troupe levée près d'Arras, sur ses terres, d'avoir récemment
payé de ses deniers la solde, fort arrié-
rée, de ces hommes, et elle savait que
ses chefs appréciaient son brutal coura-
ge. Mais ce Français qui s'obligeait à
parler l'espagnol des cours, comme on
met sur une armure l'ornement trom-
peur d'une dentelle, semblait de ces
gens nés pourvus d'un double visage,
et à qui un clin d'œil suffit pour passer
transfuges. En fait, aucune loyauté
n'attachait Egmont de Wirquin à ces
Italiens diserts ou à ces Espagnols

hâbleurs, gueux dorés, bâtards parfois,
dont, à l'en croire, le sang corrompu ne
valait pas le sien. Il saurait plus tard se
venger par une savante insulte de ceux
qui lui avaient fait sentir que son titre
de noblesse n'était que d'avant-hier,
et, si la chance tardait trop ou si la
brise politique soufflait autrement, on
pourrait toujours repasser du côté
français.

En Brabant, le soir qui précéda leur
réception par l'Infante, dans le coche
qui les ramenait au camp, le duc de
Parme dessina pour son subordonné le
profil des événements. Les sept provin-
ces du Nord étaient, pour dire le vrai,
définitivement perdues ; l'Espagne,
mal remise du coup de vent qui avait
emporté ses navires, ne pouvait plus
prétendre patrouiller ces longues côtes,
dont les dunes recouvraient tant de
morts. A l'intérieur, certes, la loyauté
refleurissait dans les bonnes villes. Il
avoua pourtant qu'on était en peine

d'acquitter le prix des fournitures dues aux riches bourgeois d'Arras, marchands de drap et de vin, auxquels Monsieur de Wirquin tenait par sa mère. Un prêt à la cause royale, ajouta-t-il, était un honneur aussi bien qu'une traite sur l'avenir : la somme serait remboursée au prochain retour des galions. Le capitaine-colonel sourit sans répondre.

Puis, l'habile Italien fit remarquer négligemment qu'une union avec l'une de ces jeunes beautés venues d'Espagne que l'Infante, par politique, se proposait de marier en Flandre, assurerait à un homme né, mais sans appui à la cour, une chance de se pousser auprès de l'Archiduc et de sa royale épouse. Peu tenté par l'état conjugal, Monsieur de Wirquin l'était cependant par l'idée d'une brillante alliance. Il se contenta de dire qu'il verrait.

Mariée sur le tard, vêtue avec une austérité monacale, l'Infante eût volontiers confiné ses ménines dans une pénombre d'église ; elle ne s'opposait néanmoins ni aux parures qui convenaient à leur rang, ni aux jeux permis, ni aux hommages de galants triés avec soin en vue de bonnes alliances qui cimenteraient sa politique de conciliation. Peut-être enviait-elle ces yeux rieurs, ou pleins de larmes enfantines, que ne hantait pas la vision d'armées, de flottes et de forteresses. Ce jour-là, assise près de la haute cheminée par une fin d'après-midi pluvieuse, elle regardait mélancoliquement ses suivantes en se demandant laquelle sacrifier. On entendait tomber de ses lèvres les mots de dévouement à la cause royale et de soumission au ciel. Les jeunes filles reculaient sous ce regard scrutateur : celles qui avaient des amants craignaient d'avoir à les quitter, et Pilar, Mariana ou Soledad priaient qu'on ne les choisît pas.

Mais l'Infante se tourna vers la dernière venue de ses filles d'honneur. Anna de la Cerna, âgée de vingt-cinq ans, était aussi l'aînée. Elle portait le noir depuis la mort de son frère, tué trois ans plus tôt au service du roi, et la somptuosité des étoffes donnait quelque chose de fastueux à son deuil.

— J'ai entrepris votre père au sujet de ce mariage, dit l'Infante. Il vous laisse le choix entre cet établissement et le couvent.

On s'attendait à ce qu'elle optât pour le cloître. Elle étonna ses compagnes en disant presque à voix basse :

— J'ai peu de goût pour le mariage, Madame, mais je ne me sens pas non plus prête à me donner à Dieu.

On annonça l'arrivée du cavalier. L'Infante se leva pour passer dans la pièce voisine. Anna de la Cerna dut la suivre. Monsieur de Wirquin, qui pourtant n'appréciait que les grasses beautés flamandes, fut séduit par cette fille que le noir qu'elle portait rendait plus blanche et plus mince. Anna de la Cerna l'émouvait comme un étendard.

Puis, on lui chuchotait qu'elle tiendrait de son père, le marquis de la Cerna, d'immenses domaines en Italie. Comme si tant de richesses, si lointaines qu'elles en étaient fabuleuses, lui appartenaient déjà, il écrivit à sa mère de remeubler leur château de Baillicour.

Le marquis de la Cerna, membre depuis peu du Conseil privé, rencontra par hasard sa fille à la cour de l'Infante, quelques jours après les accordailles. Il était manifestement dans un de ses accès d'humilité dans lesquels sa raison s'égarait. Il lui dit :

— Je ne vous en veux plus.

Elle comprit qu'il lui en voulait toujours.

La messe de mariage d'Anna eut lieu le 7 août 1600, à Bruxelles, dans l'église de Sablon, en présence de l'Infante. Au moment de l'offertoire, Donna Anna s'évanouit, ce qui fut attribué à la chaleur, à l'extrême incommodité causée par la foule, et à son corps de drap d'argent qui l'étouffait. Don Alvare, debout près du chœur, garda durant la longue cérémonie un calme imperturbable admiré même de ses détracteurs : on venait d'arrêter deux calvinistes apostés pour le poignarder, et les gens de sa suite ne pouvaient se retenir, au moindre bruit, de tourner la tête en arrière.

Don Alvare, lui aussi, regardait en
arrière, car il ne cessa point, ce jour-là,
de considérer son passé. Cet homme,
qui ne se souvenait pas d'avoir aimé
corps et âme aucune créature vivante,
pensait davantage à son fils, maintenant que celui-ci avait pris place dans
la troupe de ses fantômes. Sa tête
faiblissait ; il lui arrivait de tomber
dans des absences mystérieuses, qui
l'amenaient jusqu'aux frontières du
pays brûlant, mais sans couleur et sans
forme, où, de toutes nos actions, nos
remords survivent seuls. N'osant regarder en face la faute de Miguel, peut-
être parce qu'il craignait qu'elle ne lui
fît point assez horreur, il ressentait
pourtant on ne sait quelle envie, devant
cette passion qui avait tout balayé
autour d'elle, même la crainte du
péché. L'amour avait épargné à
Miguel l'épouvante d'être seul, comme
son père, dans un univers vidé de tout
ce qui n'est pas Dieu. Il l'enviait

surtout d'être déjà jugé. Le mariage d'Anna coupait le dernier fil, bien mince, qui le rattachait à sa race vivante ; l'ambition n'était qu'un leurre, qui ne le trompait plus ; les exigences de la chair se taisaient avec l'âge ; cette triste victoire l'obligeait à se retourner vers son âme. Inquiet, mais épuisé, le marquis sentait le moment venu de s'abandonner à la grande main terrible, qui peut-être se ferait clémente dès qu'il aurait cessé de lutter.

Quelques mois plus tard, il participa pour la dernière fois au Conseil privé de l'Infante. Sa démission fut aisément acceptée. Il en souffrit : il avait espéré que le monde le disputerait davantage à Dieu.

Egmont de Wirquin emmena sa femme en Picardie, dans ses terres. Devant cet étranger qui croyait posséder Anna, comme si l'on possède une femme tant qu'on ignore ses raisons de pleurer, le marquis, en dépit du ressentiment qu'il continuait d'éprouver à l'égard de sa fille, se sentait lié à elle par une muette complicité. Pourtant, leurs adieux furent secs ; malgré lui, Don Alvare la méprisait d'être en vie ; Anna elle-même en voulait au malheur de ne pas l'avoir davantage brisée. Résignée à subir un mari que, du moins, elle ne craignait pas d'aimer, elle se réjouissait que son visage, ses bras, sa gorge amaigris fussent différents de ceux que des mains devenues poussière avaient seules caressés.

Des soucis de guerre et d'argent détournaient Monsieur de Wirquin de beaucoup se préoccuper d'elle. Trop dédaigneux pour chercher des motifs aux fantaisies d'une femme, il ne s'étonna jamais qu'Anna, durant la Semaine Sainte, passât ses nuits à prier.

A Naples, un certain soir de juillet 1602, un homme pauvrement vêtu heurtait à la porte du monastère de Saint-Martin. Un judas grillé s'ouvrit prudemment, et le frère portier refusa d'abord de laisser entrer l'étranger en raison de l'heure tardive. Enfin, surpris par un ton de commandement auquel il n'était pas habitué chez les gueux de cette espèce, le moine déverrouilla la porte et introduisit l'inconnu. Sur le seuil, l'homme se retourna. C'était l'instant où le soleil devenu rouge glisse derrière les Camaldules. L'homme regarda sans mot dire la mer pâle, les énormes courtines du Fort Saint-Elme crépies d'or par le crépuscule, et, par delà des créneaux qui lui bouchaient la vue du port, le triangle gonflé d'une galiote sortant de la rade. Puis, avec un brusque mouvement d'épaules, il enfonça son chapeau sur ses yeux et suivit son guide dans un long corridor. En passant par l'église, qui était neuve et richement ornée, il s'agenouilla un long moment, mais remarqua que le moine ne le quittait pas des yeux, comme s'il eût craint d'avoir affaire à un voleur. Tous deux entrèrent enfin dans un parloir qui attenait à la sacristie. Le frère alors ferma la porte sur l'étranger, fit jouer la clef qui tourna avec un bruit grinçant de ferraille, et alla prévenir le prieur.

L'étranger, le regard perdu comme dans l'oraison, attendit un temps indéfinissable. Le même grincement se fit entendre, et le prieur de Saint-Martin, Don Ambrosio Caraffa, parut. Deux moines qui l'escortaient s'arrêtèrent en deçà du seuil. Chacun d'eux portait une chandelle. Les flammes pâles se reflétaient dans les boiseries.

C'était un homme obèse, déjà sur l'âge, au visage bienveillant et calme. L'homme ôta son chapeau, défit sa cape, et plia le genou sans parler. Comme il baissait la tête, sa barbe rude et grise frôla le velours de son justaucorps. Dans son visage émacié qui n'était qu'un lacis de muscles, ses yeux regardaient droit devant soi, par delà le prieur, comme s'il s'efforçait de ne pas voir ce moine auquel il venait pourtant demander quelque chose.

— Mon père, dit-il, je suis vieux. La vie n'a plus à m'offrir que la mort, et j'espère que celle-ci sera meilleure que n'a été celle-là. Je vous demande de m'accepter parmi vous comme le plus humble et le plus démuni de vos frères.

Le prieur considérait en silence ce suppliant hautain. Celui qui parlait était sans bijoux, sans col, sans ganse,

115

mais autour de son cou pendait encore, par une négligence ou une vanité dernière, la Toison d'or espagnole. Averti par le regard du prieur, l'étranger y porta la main et l'enleva.

— Vous êtes noble, dit le prieur.

L'homme répondit :

— J'ai tout oublié.

Le prieur secoua la tête :

— Vous êtes riche.

— J'ai tout donné, fit l'homme.

A ce moment, un long cri traînant monta, s'étira, descendit. C'était le mot des sentinelles, le bruit de la relève au Fort Saint-Elme, et le prieur vit l'étranger frémir à cet écho soudain du monde. Don Ambrosio Caraffa avait depuis longtemps déjà reconnu Don Alvare.

— Vous êtes le marquis de la Cerna, dit-il.

Don Alvare répondit humblement :

— Je l'ai été.

— Vous êtes le marquis de la Cerna,

116

reprit le prieur. Si l'on vous avait su dans Naples, beaucoup, dont vous ignorez peut-être l'existence, seraient venus vous souhaiter la bienvenue du poignard. J'aurais fait de même, voici dix ans. Mais le coup que j'ai reçu de vous m'a rejeté hors du monde. Vous voulez à votre tour mourir à lui. Les fantômes ne s'entre-tuent pas dans ce lieu de paix.

Comme Don Alvare se relevait, il ajouta :

— Don Alvare, vous voici mon hôte, comme du temps où je vous recevais dans mon cabinet de verdure aux Cascatelle.

Et un fin sourire de patricien, à demi perdu dans la graisse, glissa sur le visage du chartreux. Don Alvare s'assombrissait. Le prieur s'en aperçut.

— J'ai eu tort d'évoquer le passé, dit-il. Vous n'êtes ici que l'hôte de Dieu.

Alors, Don Alvare se retourna pour regarder on ne sait quoi dans l'ombre.

Un peu de l'ancienne terreur lui revint, avec l'horreur du grand abîme. Mais les murailles du monastère le défendaient du vide, et, derrière elles, d'autres murailles, plus solides encore, qu'élevait autour de lui l'Église. Et Don Alvare savait que les portes de l'Enfer ne prévaudraient pas contre elles.

Sa vie, désormais, ne fut que pénitence.

Don Ambrosio Caraffa, dans la simplicité cistercienne, gardait ce goût des arts qui l'avait distingué dans le siècle. A ses frais, les cloîtres furent reconstruits en stricte conformité avec les ordres de Vitruve, et, pour incliner aux méditations d'un pieux épicurisme, chaque pilastre portait une tête de mort délicatement sculptée. Les mains grasses du prieur vérifiaient avec soin le poli de la pierre. Ce patricien, pour qui la religion n'était peut-être que le couronnement de la sagesse humaine, retrouvait Dieu dans les veinures d'un beau marbre comme dans une lecture du *Charmide.* Sans enfreindre la règle du silence, il lui arrivait, quand une fleur de ses parterres lui semblait particulièrement admirable, de la désigner d'un sourire.

Don Alvare pensait alors au combat que se livrent sous terre les racines, à cette chaleur de sève qui fait de chaque corolle un réceptacle de luxure. Les constructions inachevées, dont l'aspect, comme pour décourager le maître d'œuvre, imite par avance la ruine qu'elles seront un jour, lui rappelaient que tout bâtisseur, à la longue, n'édifie qu'un effondrement. Une courbature lui restait, comme d'une fièvre, de ses ambitions fatiguées, et l'étonnement que produit, après le bruit, l'assourdissant silence. Les arceaux de cloîtres où, dédoublant chaque arcade sur le mur opposé, midi donnait à la colonne de pierre le pendant d'une colonne d'ombre, alternaient noirs et blancs comme une double file de moines. Don Ambrosio et Don Alvare s'y saluaient en passant. L'un, se redisant les vers d'un poète de Chiraz que lui avait expliqués, au temps de ses ambassades romaines, un envoyé du Sultan, retrouvait dans chaque anémone la fraîche jeunesse de Liberio. La terre aride, où parfois l'on creusait une tombe, rappelait à l'autre Don Miguel. Ainsi, chacun lisait différemment ce livre de la création qu'on peut déchiffrer en deux sens, et dont les deux sens se valent, car personne ne sait encore si tout ne vit que pour mourir ou ne meurt que pour revivre.

L'histoire d'Anna eut désormais la monotonie d'une épreuve longuement supportée. Monsieur de Wirquin avait de bonne heure quitté le parti de l'Espagne pour se tourner vers la France, ce qui accrut le dédain qu'Anna ressentait pour lui. Plusieurs fois, la guerre saccagea leurs terres ; il fallut sauvegarder autant que se pouvait les paysans, le bétail, les biens meubles, mais ces soucis en commun ne les rapprochaient pas. De son côté, le mari d'Anna ne pardonnait pas à son beau-père d'avoir dissous sa fortune en fondations pieuses ; les biens quasi fabuleux pour lesquels il avait, en partie du moins, contracté cette alliance, n'étaient que mirages. Entre Anna et lui, la courtoisie tenait lieu de tendresse, sentiment qu'il ne jugeait pas, d'ailleurs, nécessaire dans les rapports avec une femme. Anna avait d'abord enduré ses attentions nocturnes avec répulsion, puis du plaisir s'était quelquefois insinué en elle en dépit d'elle-même, mais limité à une partie basse et étroite de sa chair, et n'ébranlant pas tout l'être. Elle lui sut gré par la suite de prendre des maîtresses qui l'éloignèrent d'elle.

Quelques grossesses, subies avec résignation, lui laissèrent surtout le souvenir de longues nausées. Elle aima pourtant ses enfants, mais d'un amour animal qui diminuait quand ils cessaient d'avoir besoin d'elle. Deux garçons moururent en bas âge ; elle regretta surtout le plus jeune, dont les traits enfantins lui rappelaient Miguel, mais à la longue ce chagrin aussi passa.

L'aîné, qui survécut, homme de guerre et de cour, se débattait avec les créanciers que lui avait laissés son père, tué en duel à la suite d'une obscure affaire d'honneur. Sa fille était religieuse à Douai. Peu de mois après la mort de Monsieur de Wirquin, un ami du défunt qui escortait Anna d'Arras à Paris, où se trouvait son fils, profita d'un gîte de hasard pour assiéger la veuve encore jeune ; trop lasse pour lutter, ou peut-être sollicitée par sa propre chair, Anna le reçut avec ni plus ni moins d'émoi qu'elle n'en avait éprouvé dans le lit conjugal. Il ne fut plus question de cet incident par la suite ; le galant partit rejoindre son régiment en Allemagne ; en vérité, rien de tel n'importait. Durant les rares séjours d'Anna au Louvre, la reine s'engoua de cette Espagnole de grand lignage, avec laquelle elle trouvait plaisir à s'entretenir dans sa langue natale. Mais la veuve d'Egmont de Wirquin refusa une place de dame d'atours. La pompe française et le luxe des Flandres, sous leurs cieux bas, n'étaient rien comparés au souvenir des fastes de Naples et à son ciel pur.

Avec les années, l'isolement, la fatigue, une sorte de stupeur était tombée sur elle. La consolation des larmes lui était refusée ; elle se consumait dans cette sécheresse comme à l'intérieur d'un désert aride. A de certains moments, de délicates bribes du passé s'inséraient inexplicablement dans le présent, sans qu'on sût d'où elles venaient : un geste de Donna Valentine, l'enroulement d'une vigne autour de la poulie d'un vieux puits dans la cour d'Acropoli, un gant de Don Miguel posé sur une table et encore chaud de sa main. Il semblait alors qu'une brise tiède soufflât : elle en défaillait presque. Puis, pendant de longs mois, l'air manquait. L'office des Morts, récité chaque soir depuis près de quarante ans, à force d'être dit, perdait subitement tout sens. Le visage du bien-aimé lui apparaissait parfois en songe, précis jusqu'au moindre détail d'un duvet sur la lèvre ; le reste du temps, il gisait décomposé dans sa mémoire comme Don Miguel lui-même dans sa tombe, et tantôt il lui semblait que Miguel n'avait jamais existé qu'en elle, tantôt qu'elle obligeait de façon quasi sacrilège un mort à continuer à vivre. Comme d'autres se fouettent pour renflammer leurs sens, Anna se flagellait de ses pensées pour raviver son deuil, mais sa douleur épuisée n'était plus qu'une lassitude. Ce cœur mortifié se refusait à saigner.

Vers la soixantaine, laissant le domaine à son fils, elle s'installa comme pensionnaire dans le couvent de Douai où sa fille avait pris le voile. D'autres dames nobles y achevaient leur vie. Peu après l'arrivée d'Anna, on prépara une chambre pour une certaine Madame de Borsèle, l'une des maîtresses pour lesquelles s'était ruiné Egmont de Wirquin. Le temps que ces dames ne consacraient pas aux offices se passait en broderies, en lectures à haute voix de lettres que leur envoyaient leurs enfants, à des goûters ou de petits soupers fins qu'elles s'offraient entre elles. La conversation tournait autour des modes de leur jeunesse, des mérites respectifs des maris défunts ou des présents confesseurs, des amants qu'elles se vantaient d'avoir eus, ou de n'avoir pas eus. Mais elles revenaient toujours, avec une insistance répugnante et presque grotesque, à leurs maux corporels visibles ou cachés. Il semblait presque qu'étaler ainsi leurs infirmités devînt pour elles une nouvelle forme d'impudicité. Une certaine dureté d'oreille empêchait Donna Anna d'entendre leurs propos, et lui permettait de ne pas s'y mêler. Chacune avait sa servante, mais il arrivait que ces filles fussent négligentes, ou que, pour une raison ou une autre, on les renvoyât, et les sœurs converses ne suffisaient pas toujours au service des pensionnaires. Madame de Borsèle était obèse et presque impotente ; Anna l'aidait parfois à se coiffer, et l'ancienne belle battait des mains quand on approchait de son visage un miroir. Ou bien, elle geignait piteusement, parce qu'on avait oublié de mettre à sa portée son drageoir. Anna alors se levait de son siège, ce qu'elle ne faisait plus qu'avec peine, trouvait le drageoir, et laissait Madame de Borsèle se remplir la bouche de douceurs. Une fois, une vieille pensionnaire revenant du réfectoire vomit dans le corridor. Aucune domestique n'était là sur le moment, Anna lava les dalles.

Les religieuses admiraient sa mansuétude envers son ancienne et scandaleuse rivale, son austérité, son humilité, sa patience. Mais il n'y avait là ni mansuétude, ni austérité, ni humilité, ni patience au sens où elles l'entendaient. Anna était tout simplement ailleurs.

Elle s'était remise à la lecture des mystiques : Louis de Léon, le frère Jean de la Croix, la sainte mère Thérèse, les mêmes que lui lisait jadis, dans l'ensoleillement des après-midi napolitaines, un jeune cavalier tout en noir. Le livre restait ouvert sur le regard de la croisée ; Anna, assise sous le pâle soleil de l'automne, posait de temps en temps sur une ligne ses yeux fatigués. Elle ne cherchait pas à suivre le sens, mais ces grandes phrases ardentes faisaient partie de la musique amoureuse et funèbre qui avait accompagné sa vie. Les images d'autrefois rayonnaient de nouveau dans leur jeunesse immobile, comme si Donna Anna, dans sa descente insensible, eût commencé d'atteindre le lieu où tout se rejoint. Donna Valentine n'était pas loin ; Don Miguel resplendissait dans l'éclat de ses vingt ans ; il était tout proche. Une Anna d'une vingtaine d'années brûlait et vivait elle aussi, inchangée, à l'intérieur de ce corps de femme usé et vieilli. Le temps avait jeté bas ses barrières et rompu ses grilles. Cinq jours et cinq nuits d'un violent bonheur remplissaient de leurs échos et de leurs reflets tous les recoins de l'éternité.

Son agonie, pourtant, fut longue et pénible. Elle avait oublié le français ; le chapelain, qui se flattait de savoir quelques mots d'espagnol et un peu de l'italien des livres, venait quelquefois l'exhorter dans l'une de ces deux langues. Mais la mourante ne l'écoutait et ne le comprenait qu'à peine. Le prêtre, quoiqu'elle n'y vît plus, continuait à lui présenter un crucifix. A la fin, le visage ravagé d'Anna se détendit ; elle abaissa lentement les paupières. Ils l'entendirent murmurer :

— Mi amado...

Ils pensèrent qu'elle parlait à Dieu. Elle parlait peut-être à Dieu.

POSTFACE

Anna, soror... *est une œuvre de jeunesse, mais de celles qui restent pour leur
auteur essentielles et chères jusqu'au bout.
Ces quelque cent pages faisaient originelle-
ment partie d'une vaste et informe ébauche
de roman,* Remous, *dont j'ai parlé
ailleurs, esquissée entre ma dix-huitième et
ma vingt-troisième année, et qui contenait
en germe une bonne part de mes produc-
tions futures.*

*Après l'abandon de ce « grand
dessein » dont le résultat eût été un
roman-océan plutôt qu'un roman-fleuve,
les hasards de la vie allaient me dicter une
œuvre tout autre, dont le mérite était peut-
être son extrême brièveté,* Alexis. *Mais,*

peu d'années plus tard, entrée pour ainsi dire dans la « carrière littéraire », j'eus l'idée de récupérer au moins certaines parties de l'ancien ouvrage délaissé. C'est ainsi que le récit intitulé maintenant Anna, soror... *parut en 1935 dans un recueil de trois nouvelles,* La Mort conduit l'attelage *(un épisode d'un des fragments conservés m'avait inspiré ce titre). Pour leur donner une apparence au moins d'unité, j'avais choisi de les nommer respectivement* D'après Dürer, D'après Greco, *et* D'après Rembrandt, *sans bien voir que ces titres, qui, quoi qu'on fasse, sentent le musée, risquaient de s'interposer entre le lecteur et ces textes souvent gauches, mais spontanés et quasi obsessionnels d'autrefois.*

Anna, soror... *n'est que la prépublication partielle d'un recueil qui, cette fois, s'appellera* Comme l'eau qui coule, *titre qui se rapproche un peu de* Remous, *mais substitue à l'image des poussées et des* ressacs de l'océan celle de la rivière, ou parfois du torrent, tantôt boueux et tantôt limpides, qu'est la vie. D'après Dürer, fondu tout entier dans L'Œuvre au Noir, est bien entendu hors de jeu. De D'après Rembrandt, *nouvelle très faible à qui convenait mal cet illustre patronage, pas une ligne ne subsiste, mais les noms propres, certains lieux, et les sujets eux-mêmes émergent dans deux textes entièrement composés en 1980 et 1981,* Un homme obscur *et* Une belle matinée. *Il n'est pas encore temps de parler d'eux. Quant à* Anna, soror..., *le titre* D'après Greco *lui convenait assez bien, en tant qu'allusion au faire convulsif et tremblé du grand peintre de Tolède, pareil à un cierge qui se consume trop vite. Toutefois, non seulement le décor de Naples, où se situe l'aventure, mais encore la fougue amoureuse et je ne sais quelle plénitude ou quelle vénusté italienne me feraient plutôt aujourd'hui songer à Caravage, si tant est qu'il soit nécessaire de placer ce récit*

133

*violent sous le vocable d'un peintre. Le
présent titre est emprunté aux deux
premiers mots de l'épitaphe incisée par les
soins d'Anna sur le tombeau de Miguel,
qui disent l'essentiel.*

*Contrairement aux deux autres nouvel-
les du futur recueil, Anna, soror... reproduit dans sa quasi-intégralité le texte de
1935, lui-même presque identique au
récit écrit en 1925 par une jeune femme
de vingt-deux ans. D'assez nombreuses
retouches de pure forme, et une douzaine
de changements allant plus à fond, ont
cependant été faits en vue de la republica-
tion d'aujourd'hui. J'en discuterai quelques uns plus bas. Si j'insiste sur ce que ces
pages ont pourtant d'essentiellement
inchangé, c'est que j'y vois, parmi d'autres évidences qui peu à peu se sont impo-
sées à moi, une preuve de plus de la relati-
vité du temps. Je me sens tout autant de
plain-pied avec ce récit que si l'idée de
l'écrire m'était venue ce matin.*

Il s'agit d'un amour entre frère et

sœur, c'est à dire du type de transgression qui a le plus souvent inspiré les poètes aux prises avec un acte volontaire d'inceste[1]. En m'efforçant de recenser quelques uns au moins des écrivains occidentaux et de culture chrétienne ayant traité ce sujet, je tombe d'abord sur l'extraordinaire 'Tis pity she's a whore[2] du grand dramaturge élisabéthain John Ford. Cette pièce forcenée, où la bassesse, l'atrocité et l'ineptie humaines servent de repoussoir à deux incestueux au cœur pur, contient l'une des plus belles scènes d'amour du théâtre, celle où Giovanni et Annabella, prêts à céder à leur passion, s'agenouillent l'un devant l'autre. « You are my brother, Giovanni. — And you my sister, Annabella. »

Passons ensuite d'emblée au fuligineux Manfred de Byron. Ce drame assez confus dont le héros porte le nom d'un prince excommunié de l'Allemagne du Moyen Âge se situe dans un vague paysage alpestre : c'est en Suisse en effet que Byron a composé ce texte, qui tout à la

fois voile et dévoile son aventure scanda-
leuse avec sa demi-sœur Augusta, qui
venait de fermer définitivement derrière
lui les portes de l'Angleterre. Ce Maudit
romantique est hanté par le spectre de sa
sœur Astarté dont il a causé la mort,
mais l'auteur nous laisse presque tout
ignorer des raisons d'être de cet obscur
désastre. Chose curieuse, il semble bien que
ce nom d'Astarté, insolite dans ce décor
médiéval et suisse, soit emprunté au récit
du Montesquieu des Lettres Persanes,
Histoire d'Aphéridon et d'Astarté,
pathétique récit qui semble d'abord dispa-
rate dans ce tissu d'acerbes satires poivrées
d'érotiques turqueries au rahat-loukoum
et au sang. Aphéridon et Astarté, jeune
couple Parsi dont la religion permet de
telles unions, meurent persécutés dans un
milieu musulman qui abomine l'inceste.
Montesquieu semble illustrer, à l'aide de
ce touchant hors-d'œuvre, comme il le fait
ailleurs sur le ton de la raillerie, un anti-
dogmatisme à l'égard des opinions et des

mœurs approuvées ici et désapprouvées là, auquel, chacun à sa manière, Montaigne, Pascal et Voltaire avaient souscrit ou allaient souscrire. On ne peut guère parler de révolte chez les deux jeunes Parsis qui vivent et meurent à l'intérieur de leur propre loi : c'est à l'auteur de nous faire sentir qu'innocence et crime sont des notions relatives. Chez Ford, au contraire, c'était Giovanni lui-même qui battait insolemment en brèche les interdits s'opposant à l'inceste, et, chez Byron, Manfred, chargé d'un forfait qui d'ailleurs reste vague, tire son orgueil luciférien d'être un transgresseur.

Enfin, un lecteur français ne peut oublier René, où Chateaubriand, pensant à coup sûr à sa sœur Lucile, a pris pour donnée centrale l'amour incestueux d'Amélie et sa fuite au cloître. Goethe, dans Wilhelm Meister, n'est pas non plus sans utiliser romanesquement le thème de l'inceste.

Bien plus près de nous, la très belle

nouvelle de Thomas Mann, Sang Réservé, *fait état de deux thèmes fréquents dans toute présentation de l'inceste fraternel : l'un est l'accord parfait de deux êtres unis par une sorte de* droit du sang *; l'autre est l'attrait quasi vertigineux du bris de la coutume*[3]. *Un jeune frère et une jeune sœur israélites, d'une beauté et d'un raffinement exquis, issus d'une opulente famille juive du Berlin d'avant 1935, s'unissent, grisés par l'opéra de Wagner évoquant les amours incestueuses de Sieg-mund et de Sieglinde. La Sieglinde juive est fiancée à un officier prussien et protes-tant, et le premier mot de l'amant après l'acte accompli est, cyniquement : « Nous l'avons joué, ce goy. » Plaisir de bafouer d'avance ce mariage senti par la famille comme une promotion sociale ; orgueil intellectuel du transgresseur. Nous retrou-vons, sur le ton du persiflage, le Giovanni de Ford annonçant arrogamment au prélat, son tuteur, sa décision de commettre un inceste, et plus tard arra-*

chant par la mort sa sœur à un mari trompé et haï[4].

Après ces chefs-d'œuvre, je ne trouve plus guère que Confidence africaine *de Martin du Gard, chef-d'œuvre lui aussi, mais avec lequel nous passons de la poésie à l'aperçu sociologique. C'est la proximité nocturne et la nécessité, pour lire, de partager une même lampe de chevet qui jettent dans les bras l'un de l'autre ce garçon et cette fille nord-africains, et ce tumulte des sens prend fin quand la sœur convole, comme convenu, avec un libraire du voisinage, et quand le frère, parti au régiment, trouve à courtiser d'autres belles. Nous reverrons plus tard l'ancienne amante alourdie, maussade, prenant soin d'un fils tuberculeux, produit misérable de ce moment de plaisir. Gide a reproché, avec raison, à Martin du Gard, cette conclusion d'un conventionnalisme facile :* si préjudiciables que soient, à la longue, des unions consanguines trop exclusives et trop fréquentes, il arrive aussi, et nul

139

éleveur ne l'ignore, qu'elles concentrent sur leurs rejetons les qualités de la race ; elles ne produisent pas nécessairement d'emblée des infirmes ou des malades. Martin du Gard *dédouanant son récit par une fin moralisante n'est pas davantage dans le vrai que* Gide *adoptant avec un enthousiasme peut-être excessif le point de vue de la légende, qui dote l'enfant de l'inceste de vertus prodigieuses, tel* Siegfried*, fils de ce* Siegmund *et de cette* Sieglinde *dont l'aventure avait servi de modèle aux amants de* Sang Réservé[5].

Sauf Confidence africaine*, dont l'intention tacite semble de montrer combien banales sont des situations crues insolites et rigoureusement prohibées, deux thèmes prédominent donc dans ces présentations de l'inceste : l'union de deux êtres d'exception appariés par le sang, isolés par leurs qualités mêmes, et le vertige de l'esprit et des sens transgressant une loi. Le premier*

thème se rencontre dans Anna, soror...,
où les deux enfants vivent dans un relatif
isolement qui deviendra total après la
mort de leur mère ; le second en est exclu.
Aucune révolte de l'esprit n'effleure ce
frère et cette sœur imbus jusqu'aux moelles
de la piété quasi pâmée de la Contre-
Réforme. Leur amour grandit au milieu
des Pietà *désolées, des Maries-des-Sept-*
Épées, des saintes « chantant par la
bouche de leurs blessures », au fond
d'églises sombres et dorées qui sont pour
eux le décor familier de l'enfance et un
suprême asile. Leur passion est trop forte
pour ne pas s'accomplir, mais en dépit du
long combat intérieur précédant la faute,
sentie aussitôt comme un bonheur indici-
ble, aucun remords ne se glisse en eux.
Chez Miguel seul, prend forme le senti-
ment qu'une pareille joie n'est possible
qu'à condition d'en payer le prix. Sa
mort quasi volontaire sur une galère du
roi sera la rançon, fixée d'avance, qui lui
permettra d'éprouver durant la messe, un

141

lundi de Pâques, une exultation dénuée de repentir. Ce n'est pas non plus le remords, mais l'inconsolable deuil qui poindra Anna toute sa vie. Vieille femme, elle continuera d'unir sans perplexité son amour irrepentant pour Miguel et sa confiance en Dieu.

Le portrait de Valentine est d'un autre ton. Cette femme baignée d'un mysticisme plus platonicien peut-être que chrétien, influe sans le savoir sur ses violents enfants ; à travers leur tempête, elle laisse pénétrer quelque chose de sa paix. Cette sereine Valentine me semble, dans ce que je n'ose pompeusement appeler mon œuvre, un premier état de la femme parfaite telle qu'il m'est souvent arrivé de la rêver : à la fois aimante et détachée, passive par sagesse et non par faiblesse, que j'ai essayé plus tard de dessiner dans la Monique d'Alexis, dans la Plotine de Mémoires d'Hadrien, et, vue de plus loin, dans cette dame de Frösö qui dispense au Zénon de L'Œuvre au Noir huit jours de sécurité.

Si je prends la peine de les énumérer ici, c'est que, dans une série de livres où l'on m'a parfois reproché de négliger la femme, j'ai mis en elles une bonne part de mon idéal humain.

Il semble bien (j'emploie cette formule dubitative parce que je crois que les motivations de ses personnages doivent parfois rester incertaines pour l'auteur lui-même : leur liberté est à ce prix) que Valentine, dès le début, perçoive l'amour des deux enfants l'un pour l'autre sans rien faire pour l'éteindre, le sachant inextinguible. « Quoi qu'il advienne, n'en arrivez jamais à vous haïr. » Sa suprême admonition les met en garde contre le péché mortel de la passion poussée à bout, si vite retournée contre soi et transformée en haine, en rancune, ou, qui pis est, en indifférence irritée. Le bonheur obtenu et la douleur acceptée les sauvent de ce désastre : Miguel y échappe par sa mort prématurée ; Anna par sa longue constance. La notion sociale de l'interdit et la notion

*chrétienne de la faute se sont fondues à
cette flamme qui dure toute la vie.*

*Anna, soror... fut écrite en quelques
semaines du printemps 1925, au cours
d'un séjour à Naples et immédiatement
au retour de celui-ci ; c'est ce qui explique
peut-être que l'aventure du frère et de la
sœur s'accomplisse et se dénoue durant la
Semaine Sainte. Bien plus encore que par
les antiques du musée ou les fresques de la
Villa des Mystères, à Pompéi, que j'al-
lais pourtant aimer d'un bout à l'autre de
mon existence, j'étais retenue à Naples par
la pauvreté grouillante et vivace des quar-
tiers populaires, par la beauté austère ou
la splendeur fanée des églises, dont quelques unes depuis ont été gravement endom-
magées ou même complètement détruites
par les bombardements de 1944, comme
ce Saint-Jean-de-la-Mer où je montre
Anna ouvrant le cercueil de Miguel.
J'avais visité le Fort Saint-Elme, où je
situe mes personnages, et la Chartreuse
voisine, où j'imagine Don Alvare finis-*

sant sa vie. J'avais traversé certains petits villages désolés de la Basilicate, dans l'un desquels j'ai placé la demeure mi-seigneuriale, mi-rustique, où Valentine et ses enfants viennent assister à la vendange, et la ruine que Miguel aperçoit dans une sorte de rêve est probablement Pæstum. Jamais invention romanesque ne fut plus immédiatement inspirée par les lieux où on la plaçait.

J'ai goûté pour la première fois avec Anna, soror... le suprême privilège du romancier, celui de se perdre tout entier dans ses personnages, ou de se laisser posséder par eux. Durant ces quelques semaines, et tout en continuant à faire les gestes et à assumer les rapports habituels de l'existence, j'ai vécu sans cesse à l'intérieur de ces deux corps et de ces deux âmes, me glissant d'Anna en Miguel et de Miguel en Anna, avec cette indifférence au sexe qui est, je crois, celle de tous les créateurs en présence de leurs créatures[6], et qui ferme ignominieusement la bouche aux

145

gens qui s'étonnent qu'un homme puisse exceller à dépeindre les émotions d'une femme, Juliette pour Shakespeare, Roxane ou Phèdre pour Racine, Natacha ou Anna Karénine pour Tolstoï (par une longue habitude du fait, au reste, le public ne s'en étonne même plus), ou, paradoxe plus rare, qu'une femme puisse créer un homme dans toute sa vérité virile, que ce soit le Genghi de Mourasaki, le Rochester de Jane Eyre, *ou pour Selma Lagerlöf* Gösta Berling. *Une telle participation élimine aussi d'autres différences. J'avais vingt-deux ans, tout juste l'âge d'Anna lors de sa brûlante aventure, mais j'entrais sans la moindre gêne à l'intérieur d'une Anna usée et vieillie ou d'un déclinant Don Alvare. Mon expérience sensuelle restait à cette époque assez limitée ; celle de la passion était encore au prochain tournant, mais l'amour d'Anna et de Miguel flambait néanmoins en moi. Le phénomène est sans doute bien simple : tout a déjà été vécu et*

146

revécu des milliers de fois par les êtres que nous portons dans nos fibres, comme nous portons en nous ceux que nous serons un jour. La seule question qui se pose sans cesse est pourquoi, de ces innombrables particules flottant en chacun de nous, certaines plutôt que d'autres remontent à la surface. Plus libre en ce temps-là d'émotions et de soucis personnels, peut-être étais-je même plus apte qu'aujourd'hui à me dissoudre tout entière dans ces personnages que j'inventais ou croyais inventer.

D'autre part, bien qu'ayant cessé toute pratique religieuse dès l'âge de douze ans, et ne gardant que l'empreinte, il est vrai très forte, des légendes, des cérémonies et de l'imagerie du catholicisme, il m'était aisé d'assumer la ferveur religieuse de ces deux enfants de la Contre-Réforme. Petite fille, j'avais baisé les pieds des christs de plâtre colorié dans des églises de village ; et il importait peu que ce ne fussent pas ceux de l'admirable cadavre d'argile de l'église de Mont-Olivet, *devant lequel se pros-terne Anna. La scène où le frère et la sœur, tout près de s'unir, contemplent de leur balcon du Fort Saint-Elme le ciel « resplendissant de plaies » de la nuit du Vendredi Saint, même si certains la jugent sacrilège, montre à quel point l'émotion chrétienne persistait en moi, et cela bien que je fusse alors, par un inévi-table recul à l'égard d'un milieu dont on a trop vu les insuffisances et les faiblesses, en pleine réaction à l'égard des dogmes et des interdits chrétiens.*

Mais pourquoi ce choix du thème de l'inceste ? Commençons par écarter les hypothèses des naïfs qui s'imaginent toujours que toute œuvre naît d'une anec-dote personnelle. J'ai dit ailleurs que les circonstances ne m'avaient donné qu'un demi-frère, de dix-neuf ans mon aîné, et dont la présence tantôt hargneuse et tantôt morose, mais par bonheur intermittente, avait été un mauvais aspect de mon en-fance. A l'époque où j'écrivais Anna, soror..., *j'avais d'ailleurs cessé de voir ce frère peu aimable depuis une dizaine d'années. Je ne nie pas toutefois, mais plutôt par simple courtoisie pour les faiseurs d'hypothèses, que puissent se présenter à l'imagination du romancier des situations imaginaires qui soient en quelque sorte le négatif des situations réelles : en ce qui me concerne, pourtant, l'exact négatif n'eût pas été un jeune frère incestueux, mais un grand frère aimant.*

Néanmoins, le fait que le frère d'Anna se nomme Miguel, et que de génération en génération les aînés de ma famille s'étaient appelés Michel, tend à prouver que je ne pouvais imaginer le héros de cette histoire que doté du nom que les sœurs de toute mon ascendance paternelle ont donné à leur frère. Mais peut-être aussi ces deux syllabes m'ont-elles paru commodes par leur sonorité espagnole bien reconnaissable, sans l'espagnolisme à outrance de noms tels que Guzman, Alonso ou Fadrique, et sans le relent

149

séducteur qui s'attache à jamais au prénom de Juan. Il ne faut jamais trop fonder sur ce genre d'explications.

Que l'inceste existe à l'état de possibilité omniprésente dans la sensibilité humaine, attirante pour les uns, révoltante pour les autres, le mythe, la légende, l'obscur cheminement des songes, les statistiques des sociologues et les faits divers en font preuve. Peut-être pourrait-on dire qu'il est vite devenu pour les poètes le symbole de toutes les passions sexuelles d'autant plus violentes qu'elles sont plus contraintes, plus punies et plus cachées. En effet, l'appartenance à deux clans ennemis, comme Roméo et Juliette, est rarement sentie dans nos civilisations comme un obstacle insurmontable ; l'adultère banalisé a, de plus, perdu beaucoup de ses prestiges par la facilité du divorce ; l'amour entre deux personnes du même sexe est en partie sorti de la clandestinité. L'inceste seul demeure inavouable, et presque impossible à prouver là même où nous le soupçonnons d'exister.

C'est contre les falaises les plus abruptes
que se lance le plus violemment la vague.

Je tiens à parler plus longuement des
quelques corrections apportées à ce texte, ne
fût-ce que pour répondre d'avance à ceux
qui croient que mon temps se passe, de
façon maniaque, à tout refaire et à tout
changer, ou encore au jugement trop
rapide qui ferait d'Anna, soror... *une*
« œuvre de jeunesse » *republiée telle quelle.*
Les corrections apportées en *1935* au texte
de *1925* étaient grammaticales, syntaxi-
ques ou stylistiques. La première Anna
datait encore de l'époque où, aux prises
avec une immense fresque destinée à rester
inachevée, j'écrivais rapidement, sans
souci de composition ou de style, puisant
directement dans je ne sais quelle source
qui était en moi. C'est plus tard seulement, à partir d'Alexis, que je me suis
mise à l'école stricte du récit à la française ; c'est plus tard encore, vers *1932*, que
je me suis adonnée à des recherches de

techniques poétiques dissimulées dans la prose, et crispant parfois celle-ci. Le texte de 1935 portait la marque de ces diverses méthodes : j'avais resserré certaines phrases, comme par une série de tours de vis, au risque de les faire éclater ; un effort maladroit de stylisation raidissait çà et là l'attitude des personnages. Presque toutes mes corrections de 1980 ont consisté à assouplir certains passages. Dans l'ancien texte, un préambule de quelques pages nous montrait, en Flandre espagnole, une Anna endeuillée de vingt-cinq ans mariée, par ordre d'en haut, avec un Français au service de l'Espagne. Ce préambule alourdissant se comprenait dans Remous, axé, pour autant qu'il le fût, sur les Pays-Bas espagnols. Très réduit, le passage a été rejeté ici à sa place chronologique, avant l'âge mûr et la vieillesse d'Anna. Les quelques scènes où figure la Fille-aux-vipères que Miguel rencontre dans la solitude d'Acropoli ont été plus retouchées et élaguées que les autres ; *relu à des années de distance, cet épisode trop visiblement onirique me paraissait avoir quelque chose de l'apprêt qu'ont « les Songes » dans les tragédies d'autrefois. Je n'ai gardé des apparitions de la Fille-aux-vipères que ce qu'il fallait pour souligner l'état fiévreux de Miguel. D'autre part, certains courts ajouts montrent l'effort d'atteindre à cette réalité* topique, *je veux dire étroitement liée au lieu et au temps, qui seule me paraît tout à fait probante. Les violences et les débauches des moines dans certains couvents de l'Italie du Sud ne m'ont été connues que bien plus tard, à l'époque où, pour* L'Œuvre au Noir, *j'étudiais certains cas de rébellion larvée ou à visage découvert dans des monastères à la fin du XVIᵉ siècle ; ils servent ici à mieux montrer la sauvagerie du lieu où meurt Valentine, et où les deux enfants commencent à s'apercevoir avec effroi de leur propre amour.*

Enfin, deux ajouts très brefs sont à

mentionner, parce qu'ils décèlent chez l'auteur un glissement dans sa conception de la vie. Dans l'ancien récit de 1925, publié dix ans plus tard, la crise d'exaltation de Don Miguel, l'inceste accompli, était immédiatement suivie par son embarquement sans espoir ni intention de retour ; ici, un calme qui immobilise la galère lui permet de rentrer au Fort Saint-Elme et donne aux amants deux jours et deux nuits de plus. Ce n'est pas pour faire prolonger de quelques moments leur tragique bonheur que j'ai mis cette rallonge, mais pour enlever au récit ce qu'il pouvait avoir de trop construit, lui laissant ce flottement qu'a la vie jusqu'au bout. Ce qui avait été senti par Miguel et Anna comme une séparation définitive n'en est pas une, puisqu'un délai de deux jours leur est à l'improviste accordé. Le lambeau d'étoffe attaché par Miguel aux volets d'Anna pour l'avertir que le vent se lève est le symbole de cette fluctuation. Puisque ces premiers et solennels adieux n'ont été qu'un leurre, il se peut que les seconds le soient aussi.

De même, le récit des longues années passées par Anna auprès d'un mari qu'elle n'a pas choisi, puis du deuil de veuve qui recouvre son vrai deuil, a été très légèrement modifié. J'ai voulu montrer deux époux qui ne s'aiment pas, mais n'ont pas non plus de raisons de se haïr, liés, malgré tout, par les soucis quotidiens de la vie, et même, jusqu'à un certain point, par leurs rapports charnels, soit qu'une amante fidèle et fière s'y plie avec honte, soit (et l'un n'exclut pas l'autre) que ses sens prennent le dessus, lui donnant le bref et décevant plaisir de retrouver l'espace d'une seconde une sensation aimée. J'ai ajouté qu'Anna veuve, au cours d'un voyage, se laisse prendre un soir par un quasi-inconnu vite oublié, mais ce court et presque passif épisode charnel ne souligne que davantage, à mes yeux, l'inaltérable fidélité du cœur. L'incident sert à rappeler l'étrange état qui est celui *de toute existence, où tout flue comme l'eau qui coule, mais où, seuls, les faits qui ont compté, au lieu de se déposer au fond, émergent à la surface et gagnent avec nous la mer.*

Taroudant, Maroc,
5-11 mars 1981.

NOTES

1. L'inceste entre père et fille ou mère et fils est rarement présenté comme *volontaire*, au moins des deux parts. Entièrement inconscient dans *Œdipe Roi*, il n'est conscient que chez l'un des deux partenaires dans l'histoire de Myrrha, racontée par Ovide, où la fille se donne sous un déguisement. Il semble bien que la notion d'abus d'autorité, de coercition physique ou morale, soit pour beaucoup dans la gêne en présence de cet aspect du sujet.

2. Littéralement, *Quel malheur que ce soit une putain !* Mais prenons garde : le mot au XVIᵉ siècle ne signifie pas exclusivement une prostituée, mais toute femme accusée de transgression charnelle. *Quel malheur que ce soit une pécheresse !* serait peut-être un rendu plus exact, mais n'aurait pas l'accent populaire qu'il faut. Maeterlinck en traduisant ce drame s'était contenté pour titre du nom d'un des personnages, *Annabella*.

3. Si l'importance d'un thème, pour un écrivain, se juge à la fréquence de son remploi, on peut parler, chez Byron et chez Mann, d'une obsession de l'inceste. Du

premier, *La Fiancée d'Abydos* reste un pâle ouvrage où tout s'arrange par la découverte d'une erreur sur le degré de parenté ; *Caïn,* au sujet de l'union des fils et des filles d'Adam, contient de plus fortes allusions au même sujet. Quant à Mann, un roman de sa vieillesse, *L'Élu,* qui contient l'une des plus audacieuses scènes d'inceste fraternel (l'érotisme en est voilé, pour le lecteur allemand, par le fait que les amants s'expriment en vieux français), se complique par l'introduction d'une union œdipienne avec la mère. D'assez nombreuses allusions au sujet se retrouvent ailleurs chez Mann. Enfin, il faudrait pouvoir analyser, à propos du même sujet, un extraordinaire roman anonyme, paru aux États-Unis en 1954, *Madame Solario*, qui, très lu, n'a pourtant jamais été étudié d'assez près. Mais l'extrême complexité des thèmes psychologiques qui s'entrecroisent dans ce récit rend difficile d'y isoler celui de l'inceste.

4. Si le drame de Ford a été écrit, comme la date de représentation porte à le croire, vers 1627, on peut se demander s'il ne fut pas inspiré en partie par une cause célèbre française, l'exécution d'un frère et d'une sœur incestueux, Julien et Marguerite de Ravalet, en 1603, tragique histoire traitée sur le mode romanesque par un ou plusieurs petits opuscules alors fort en vogue. La pièce de Ford est située, selon l'usage, dans une Italie de théâtre, mais le mariage forcé avec un homme d'âge mûr, bafoué et détesté, la rage du jaloux qui bat sa femme et la traîne à terre par sa longue chevelure pour lui faire avouer le nom de son complice, la présence d'un pieux homme d'Église, tuteur et, dans le contexte français, oncle du jeune homme, se retrouvent de part et d'autre. Les dramaturges élisabéthains inventent

rarement leurs sujets romanesques, les prenant, soit dans des *novelle* italiennes, soit dans des incidents de leur temps. Il serait émouvant que *'Tis pity*, comme le *Bussy d'Amboise* de Chapman, se rattachât à un authentique fait divers français.

5. Voir pour ce débat la *Correspondance d'André Gide et de Roger Martin du Gard*, vol. I (1913-1934), lettres 316 à 318, 322, 327 à 331, 341 — et *Annexe* à la lettre 329 — du 31 janvier au 14 juillet 1931 (Gallimard, 1968).

6. On pourrait rappeler ici la confidence de Flaubert dans une lettre à Louise Colet, durant la composition de *Madame Bovary* : « Aujourd'hui par exemple, homme et femme tout ensemble, amant et maîtresse à la fois, je me suis promené à cheval dans une forêt, par un après-midi d'automne, sous des feuilles jaunes, et j'étais les chevaux, les feuilles, le vent, les paroles qu'ils se disaient et le soleil rouge qui faisait s'entre-fermer leurs paupières noyées d'amour. » (*Correspondance de Gustave Flaubert*, lettre à Louise Colet du 23 décembre 1853, vol. II Pléiade, p. 483, Gallimard, 1980.)

DU MÊME AUTEUR

LE LABYRINTHE DU MONDE, II
  ARCHIVES DU NORD (Gallimard, 1977).

MISHIMA OU LA VISION DU VIDE (Gallimard,
  1981).

DISCOURS DE RÉCEPTION DE MARGUERITE
  YOURCENAR à l'Académie Royale belge de Langue
  et de Littérature françaises, précédé du discours de bienvenue de CARLO BRONNE (Gallimard, 1971).

DISCOURS DE RÉCEPTION DE MARGUERITE
  YOURCENAR à l'Académie française et réponse de
  JEAN D'ORMESSON (Gallimard, 1981).

Théâtre

THÉÂTRE I : RENDRE A CÉSAR. — LA PETITE
  SIRÈNE. — LE DIALOGUE DANS LE MARÉ-
  CAGE (Gallimard, 1971).

THÉÂTRE II : ÉLECTRE OU LA CHUTE DES
  MASQUES. — LE MYSTÈRE D'ALCESTE. — QUI
  N'A PAS SON MINOTAURE ? (Gallimard, 1971).

Poèmes et Poèmes en prose

FEUX (Gallimard, 1974).

LES CHARITÉS D'ALCIPPE (La Flûte enchantée, 1956,
  épuisé).

Traductions

Virginia Woolf : LES VAGUES (Stock, 1974).

Henry James : CE QUE MAISIE SAVAIT (Laffont,
  1947).

PRÉSENTATION CRITIQUE DE CONSTANTIN
CAVAFY, suivie d'une traduction intégrale des
POÈMES par M. Yourcenar et C. Dimaras (Galli-
mard, 1958).

FLEUVE PROFOND, SOMBRE RIVIÈRE, « Negro
Spirituals », commentaires et traductions (Gallimard,
1964).

PRÉSENTATION CRITIQUE D'HORTENSE
FLEXNER, suivie d'un choix de POÈMES
(Gallimard, 1969).

LA COURONNE ET LA LYRE, présentation critique
et traductions d'un choix de poètes grecs (Gallimard,
1979).

Collection « Folio »

ALEXIS OU LE TRAITÉ DU VAIN COMBAT,
suivi de LE COUP DE GRÂCE.

MÉMOIRES D'HADRIEN.

L'ŒUVRE AU NOIR.

LE LABYRINTHE DU MONDE, I : SOUVENIRS
PIEUX.

LE LABYRINTHE DU MONDE, II : ARCHIVES DU
NORD.

Collection « Poésie/Gallimard »

FLEUVE PROFOND, SOMBRE RIVIÈRE, « Negro
Spirituals », commentaires et traductions.

PRÉSENTATION CRITIQUE DE CONSTANTIN CAVAFY, suivie d'une traduction intégrale des POÈMES par M. Yourcenar et C. Dimaras.

Collection « L'imaginaire »

NOUVELLES ORIENTALES.

Collection « Idées »

SOUS BÉNÉFICE D'INVENTAIRE.

Collection « Enfantimages »

COMMENT WANG-FÔ FUT SAUVÉ, texte abrégé par l'auteur, avec illustrations de Georges Lemoine.

*Cet ouvrage
a été reproduit
et achevé d'imprimer
par l'Imprimerie Floch
à Mayenne, le 22 décembre 1981.
Dépôt légal : 4ᵉ trimestre 1981.
Nᵒ d'édition : 29375.
Imprimé en France.
(19585)*